D'OÙ VIENT LE MAL ?

FRANÇOIS ROLLIN

D'OÙ VIENT LE MAL ?

L'énigme enfin résolue…
ou pas

LES ÉDITIONS DU CERF

Ouvrage apporté
par
Christophe Bourseiller

www.editionsducerf.fr
24, rue des Tanneries
75013 Paris

ISBN 978-2-204-15157-3

« Ce sera l'inéluctable loi de l'humanité d'avoir toujours quelque chose à ne pas comprendre. »

ALPHONSE ALLAIS

Préambule en deux temps, à l'usage de ceux-là seuls qui auront encore, après lecture, la force et le culot d'ambuler

Grand un

Si les collapsologues les plus pessimistes ont raison, et que l'espèce humaine est donc éteinte dans trente ans, alors ce livre n'a aucun sens. Ni ce livre ni aucun autre. Il y a en effet, à plus ou moins haute dose, dans tout livre qui s'écrit, une intention de transmettre, de communiquer une expérience, de léguer une *Weltvorstellung* aux générations futures. Mais quel besoin de transmettre s'il n'y a pas de générations futures ? Et comment imaginer que, dans dix ans par exemple, les hommes se donneront le mal de lire des livres qui parlent de la vie et du monde, si celle-ci et celui-là n'ont plus que vingt ans d'avenir ? À quoi bon lire *Les Illusions perdues*, *La Chartreuse de Parme* ou, pire, le *Larousse des champignons*, s'il ne reste que vingt misérables petites années à meubler ?

Disons tout de suite que je ne crois pas aux prophéties des collapsologues, pour la simple raison que, si j'y croyais, je m'abstiendrais logiquement d'écrire, et, si je m'abstenais d'écrire, je mourrais, en l'espace d'une poignée de semaines, de vacuité et d'ennui. Ce n'est donc pas précisément parce que je n'y crois pas que j'écris encore, c'est plutôt parce que j'ai envie d'écrire que je décide de ne pas y croire, en inventant au besoin les arguments sur lesquels s'appuie cette non-croyance.

Ce renversement de la logique, qui mène de la conclusion au raisonnement et non l'inverse, ajouté à l'effroi qui m'étreint lorsque, au cœur de la nuit, mon optimisme forcené défaille, me pousse du reste à scinder désormais mon regard sur le monde en deux compartiments l'un à l'autre hermétiques. Car, à chaque fois que je me laisse aller à regarder le monde et la société qui m'entourent « à l'échelle géologique », je suis pris d'un vertige paralysant. Je reste hébété devant la fameuse fresque de l'histoire de l'Univers rapportée à une année civile, où l'on voit qu'il faut déjà, après la formation de la Terre le 1er janvier, attendre le 26 mars pour qu'apparaissent enfin les stromatolithes, premiers organismes vivants, puis le 21 septembre les premiers organismes monocellulaires, et le 2 novembre les premiers pluricellulaires… qui n'ont pas de quoi se vanter, puisque ce n'est que le 14 décembre qu'apparaissent, lors de l'explosion cambrienne, la majorité des formes de vie qui sévissent encore en 2023.

La suite est carrément insupportable : le 18 décembre, les premiers poissons, le 20 décembre les plantes, le 22 les amphibiens et le 23 les reptiles. Toujours pas d'homme à l'horizon. Le 25 décembre arrive, non pas

Jésus, mais l'ère des dinosaures, qui s'achèvera cinq jours plus tard, tandis qu'entre-temps sont apparus les mammifères, les oiseaux et les fleurs. Enfin, insoutenable attente, c'est à 19 h 30 le 31 décembre que se manifestent les premiers hominidés, c'est à 23 h 45 qu'entre en scène l'*Homo sapiens*, qui invente enfin l'écriture à 23 heures 59 minutes et 45 secondes, et bâtit cinq secondes plus tard la pyramide de Khéops. Il reste dix secondes pour caser tout ce que nous savons de l'Histoire, et c'est dans la dernière seconde que tiennent les deux derniers siècles, avec l'invention de l'électricité, de l'aviation, d'Internet, du téléphone portable, et, fort heureusement, des antibiotiques. Je ne peux m'empêcher d'y voir une espèce d'accélération de l'histoire, qui nous conduirait donc droit dans le mur. C'est en réalité une interprétation fallacieuse de cette fresque, mais ça n'en reste pas moins douloureux. Dire alors que l'Homme est « bien peu de chose » est un doux euphémisme : autant admettre qu'il est inexistant. Ivre de peur et d'incompréhension, je dois de toute urgence quitter ce terrifiant compartiment, et me réfugier dans l'autre, celui où je considère le monde, la société, et ma vie, à l'échelle de… ma vie, tout simplement. Là, je reprends du poil de la bête, un sentiment d'importance grandit en moi, et je suis de nouveau à même de dîner avec des amis, de visiter l'Islande, d'acheter un matelas neuf et d'écrire des livres.

Écrire des livres en pensant à ceux qui me suivront, car il y en aura. À commencer par mes enfants, et c'est évidemment l'existence de ces derniers qui me pousse à croire qu'il y a un avenir, que je sers à quelque chose, et qu'il est de mon devoir de transmettre, par l'écriture notamment, même s'il est probable que le principal vecteur de la transmission est oral, et accessoirement visuel. Mais, dans mon cas particulier – on me pardonnera de parler encore de moi –, si je pense avoir déjà transmis à mes quatre grands, Agathe et Ulysse nés en 1992, Églantine et Virgile nés en 1995, l'essentiel de ce que je suis capable de transmettre, il n'en va pas forcément de même pour ma petite Nina, née en 2022. Et si « les petits cochons » de l'expression populaire me mangent plus tôt que prévu, alors je n'aurai qu'à me féliciter d'avoir auparavant couché sur le papier, en premier lieu l'expression de tout l'amour que je lui porte, du fait que je l'ai voulue de toutes mes forces, qu'elle est l'une des cinq grandes joies de ma vie, qu'elle est mon rayon de soleil, qu'elle m'inonde de bonheur à chaque instant, qu'elle est mon ange et ma star, et puis en second lieu tout ce que je n'aurai par hypothèse pas eu le temps de lui transmettre oralement. Il n'y a pas de quoi se relever la nuit, sans doute, mais elle ne perdra rien à aller picorer quelques miettes dans l'héritage intellectuel de son immodeste père.

Grand deux

N'en déplaise à mes thuriféraires, il peut m'arriver de me tromper. Ainsi, dans la recherche fébrile qui est l'objet du présent ouvrage, il est possible qu'à l'occasion je me fourvoie. C'est tout simplement ce qu'on appelle une « approche empirique » d'un problème, qui implique de cheminer en direction de la vérité par de successives corrections de cap s'appuyant sur d'éventuelles erreurs de parcours. Chacun connaît mon attachement légendaire à la sainte « sérendipité », et j'entends justement faire ici valoir que, pour que certains fassent une grande découverte en cherchant autre chose, ce qui est le principe même de la sérendipité, il faut aussi que certains trouvent autre chose alors qu'ils espéraient une grande découverte. Si d'aventure, et puisqu'aussi bien rien n'est gagné à ce stade, je ne parvenais pas à répondre à la question « D'où vient le mal ? », il n'est pas exclu que j'aie, au passage, formulé une ou deux idées acceptables. J'aurai notamment défendu l'idée avant-gardiste selon laquelle les pâtes carbonara sont bien meilleures avec du speck qu'avec de vulgaires lardons, et j'aurai clamé haut et fort que le foie gras de canard mi-cuit peut parfaitement se passer des chutneys alambiqués et autres confitures de figues, et qu'il est mieux rehaussé par une petite salade de mâche toute simple assaisonnée au vinaigre balsamique. Des idées comme ça, j'en ai plein mon sac, et s'il faut bien admettre qu'elles ne sont pas déterminantes à l'échelle géologique, il est incontestable qu'elles sont de nature à changer le climat d'un dîner en famille, puisqu'elles nourrissent un débat culinaire animé et fréquemment enjoué, qui relègue au second plan les questions d'inceste, d'héritage, d'adultère, et autres secrets de famille douloureux au point de couper les appétits les plus aiguisés.

Du reste, et puisque nous parlions tout à l'heure d'erreurs, funestes ou non, tous ceux qui prétendent que Pierre de Coubertin a dit « l'important, c'est de participer » se trompent. Pierre de Coubertin a dit précisément ceci : « Dimanche dernier, lors de la cérémonie organisée à Saint-Paul en l'honneur des athlètes, l'évêque de Pennsylvanie l'a rappelé en termes heureux : l'important dans ces Olympiades, c'est moins d'y gagner que d'y prendre part. Retenons, Messieurs, cette forte parole. Elle s'étend à travers tous les domaines jusqu'à former la base d'une philosophie sereine et saine. L'important dans la vie, ce n'est point le triomphe mais le combat ; l'essentiel, ce n'est pas d'avoir vaincu mais de s'être bien battu. »

C'est nettement moins performant au niveau de la concision. Et le mérite, s'il y en a un, de l'idée originale revient, de l'aveu même du baron, à un obscur ecclésiastique.

Tous les espoirs me sont par conséquent permis.

Anatomie, morphologie, et typologie du mal

Dans les soirées mondaines où j'use mes fonds de smoking, c'est-à-dire dans celles où l'on parle assis, j'entends fréquemment des intellectuels ténébreux avancer d'une voix sépulcrale que nos sociétés occidentales sont au bord de la décadence. C'est évidemment une ânerie : nous avons franchi le bord de la décadence depuis belle lurette, et nous avons, à partir de dorénavant et jusqu'à désormais, les deux pieds dedans. Il suffit d'ouvrir les yeux : la violence est en croissance exponentielle, les inégalités se creusent, la solidarité n'existe plus, la morale fout le camp, la délinquance prospère, l'espérance n'est plus qu'un lointain souvenir, l'indifférence règne en maître, les valeurs se perdent, les rêves sont en miettes, l'opulence la plus obscène côtoie sans complexes la misère la plus noire. Les gens vont mal et leurs lendemains ont cessé de chanter. À force d'être désabusés et démotivés, les citoyens ne méritent même plus ce nom. Ça sent le roussi, ça sent le brûlé, ça sent la merde.

Mais tandis que la décadence à l'ancienne, celle qui a emporté l'Empire romain comme la raspoutitsa emporte les routes slaves, se caractérisait, nous dit-on, par un avachissement général, un ramollissement des mœurs, un relâchement des règles, un alanguissement individuel et un abandon collectif, la décadence d'aujourd'hui qui, après avoir rôdé, puis nous avoir encerclés, désormais nous aspire, cette décadence-là se caractérise davantage par une hystérisation de la relation à l'autre, par une violence qui est passée en quelques années de « larvée » à « éclatante » et accessoirement « décomplexée ». À cette nuance près, le diagnostic est identique, et le pronostic désastreux.

De surcroît, en supposant qu'on soit en manque de preuves objectives, factuelles, imparables, de cette décadence, on serait légitime à en mesurer la présence comme on mesure, à côté de la température annoncée par les thermomètres, une « température ressentie », qui raconte bien mieux la réalité de nos vies que les chiffres secs et sommaires assénés par Celsius ou ses compères Fahrenheit, Rømer, Réaumur, Delisle, Rankine, Leyden, sans oublier William Thomson et son kelvin.

Ainsi, à côté de la décadence avec un grand D, on observera avec intérêt la « décadence ressentie », celle qui suscite, dans l'une des 6 810 langues parlées sur la planète, l'une au moins de ces sept assertions définitives :

« Le monde ne tourne pas rond. »
« C'est vraiment le grand n'importe quoi. »
« Tout fout le camp. »
« On marche sur la tête. »

« C'est la fin des haricots. »
« Il nous faudrait une bonne guerre. »

Et la plus explicite, à défaut d'être la mieux étayée : « On est en pleine décadence. »

La cause est entendue, le débat est clos, il est même forclos, au sens lacanien : nous décadons.

Je me permets, pour la bonne forme, d'introduire une nuance : ce « nous » de « nous décadons » ne concerne pas forcément la totalité de la population planétaire. Il concerne avec certitude les pays développés, et la France au premier chef. Mais je n'irais pas dire à un Guarani « tu décades », je ne me risquerais pas à signifier à une Népalaise qu'« elle décade », je me garderais de lancer à des Pascuans « vous décadez », ou d'annoncer à des Tongiens qu'« ils décadent ».

Je ne conjugue la décadence qu'aux premières personnes du singulier et du pluriel : je décade, nous décadons. Gageons que les autres ne tarderont pas à suivre, mais je suis d'avis de les laisser tranquilles dans l'immédiat.

Voilà donc pour le tragique constat. Ne reste plus qu'à identifier la cause du mal, avec l'arrière-pensée utopique mais roborative d'y remédier.

Comme on va le voir, c'est infiniment plus simple qu'il n'y paraît. Il suffit de se remuer un peu les méninges. Les méninges sont les trois membranes qui entourent le cerveau et la moelle épinière. Pour les remuer, il faut donc agiter simultanément la tête et la colonne vertébrale. La Zumba est pour ce faire l'exercice idéal. C'est la raison pour laquelle on compte énormément d'intellectuels dépressifs dans les cours de Zumba.

AUTOPSIE ET IDENTIFICATION DE LA CAUSE, ÉPISODE 1

La surpopulation

Tout le mal vient, cela crève les yeux, de la surpopulation. Je devrais dire : des deux surpopulations, la surpopulation locale, celle de Manille par exemple, pour ne citer que la pire (43 000 habitants au km²), et la surpopulation mondiale. Il y a 35 000 ans, 1 million d'hommes se partageaient 150 millions de km² de terres émergées. Pendant 30 000 ans, ces êtres croissent et multiplient. En conséquence, il y a 5 000 ans, c'était hier, ils étaient déjà 80 millions. Nous sommes 8 milliards aujourd'hui, soit 8 000 fois plus qu'au Paléolithique supérieur, et 100 fois plus qu'à l'invention de l'agriculture, sur un territoire qui ne s'est pas agrandi, et qui a même tendance à rétrécir en raison de la montée des eaux. Cent fois plus ! Pour traduire cela en langage moderne, il faut imaginer que j'étais seul dans mon appartement de 100 m², et désormais nous sommes 100 dans le même appartement, contraints de rester debout ou dans le meilleur des cas assis en tailleur pour ne pas déborder du mètre carré qui nous est imparti.

Resserrons la focale. En France métropolitaine, les hommes préhistoriques, qui ne se doutaient d'ailleurs pas qu'il existerait un jour une France d'outre-mer, étaient en moyenne 3 ou 4 au km². Ils sont désormais, en moyenne toujours, 120 au km², avec quelques petits écarts d'un département à l'autre : 19 habitants au km² en Lozère, 10 fois plus en Seine-Maritime, 50 fois plus en Essonne, 600 fois plus dans les Hauts-de-Seine, et 1 000 fois plus à Paris.

Retenons au passage ce chiffre : on est 1 000 fois plus serrés à Paris qu'en Lozère. À supposer que la proportion de manifestants soit la même dans la population de ces deux départements, quand on défile à 100 000 dans Paris, on défile à 100 à Mende. Une piaule de 9 m² à Paris correspond à un appartement de 820 m² dans le département de l'Isère. Un joli deux-pièces de 63 m² à Montmartre correspond du côté de Saint-Chély-d'Apcher, en termes d'espace vital, à un appartement de 63 000 m², soit très précisément la surface de plancher du château de Versailles.

Revenant maintenant au niveau mondial, nos 120 Français au km² sont bien au large face aux 1 000 Bangladais sur le même territoire, ou aux 17 000 Monégasques accrochés à leur rocher.

Et le processus ne cesse d'accélérer : il a fallu 130 ans, de 1800 à 1930, pour que la population mondiale passe de 1 à 2 milliards d'individus, mais il suffira, si tout va mal, de 15 ans, entre 2035 et 2050, pour connaître la même croissance démographique et passer de 9 à 10 milliards de terriens.

Par quelque bout qu'on prenne le problème, il saute à la comprenette qu'il y a trop de monde sur Terre. Et c'est bien ça qui cloche, car plus on est nombreux, moins il y a de pain pour chacun, dans l'hypothèse où tout le monde mange du pain. Concomitamment, moins il y a d'eau pour chacun, et, pour le coup, tout le monde, à part les Polonais, boit de l'eau.

Plus on est nombreux, plus on est serrés, plus les querelles de territoire se multiplient, plus on est sur les nerfs, plus on en veut à son voisin, plus on a envie de le taper. Plus on est entassés, plus l'Autre est un concurrent, un encombrant, un rabat-joie, un ennemi, et plus on a moins envie de lui parler, et plus on a envie de le taper très fort.

Moins on a d'espace vital, moins on vit bien, autrement dit : plus on vit mal. Et quand on vit mal, on a moins envie de vivre avec les autres, on a de plus en plus envie de les taper, et voilà pourquoi on décade. C.Q.F.D. Brillant !

... *(sieste de 35 minutes)* ...

À la réflexion, la surpopulation n'explique pas vraiment bien tout. Je ne suis du reste pas le premier à me rendre compte de mon erreur. Thomas Malthus, qui sévissait au tournant des XVIIIe et XIXe siècles, avait avant moi incriminé la surpopulation, la rendant responsable de tous les maux et la considérant comme inéluctable, en s'appuyant sur l'idée que « la population augmente de façon géométrique alors que la ressource n'augmente que de façon arithmétique ». Cette théorie a été réfutée maintes fois, et le plus clairement par l'économiste américain Henry George, qui l'a même qualifiée de « pure chimère », autrement dit : débile, et, ce qui est pire, simpliste.

Au demeurant, il est contestable d'établir un lien de cause à effet entre la surpopulation et la mauvaise qualité de vie, dans la mesure où, de l'avis général, on ne vit pas trop mal à Monaco, et nettement moins bien au Soudan, où la densité de population est pourtant 750 fois inférieure.

J'en viens à me demander si ma thèse ne relève pas davantage de l'intuition personnelle que de l'analyse scientifique.

Souvent, lorsque je regarde par la fenêtre du train qui m'emmène de Paris à Montpellier, à Lausanne, à Brest ou à Pau, je m'extasie devant les immensités désertes et paisibles, les riantes prairies avec personne dessus, les splendides forêts avec personne dedans, les beaux rochers à pique-nique avec personne autour, et je me dis qu'Alphonse Allais avait raison : il faudrait construire les villes à la campagne. Là-dessus, le contrôleur vient me contrôler, la triste réalité reprend le dessus, je reviens à moi, et je réalise que le mot d'Alphonse Allais était une plaisanterie. Si on construisait les villes à la campagne, la campagne ne serait plus la campagne.

Peut-être n'y a-t-il pas vraiment trop de gens sur terre, peut-être y a-t-il seulement trop de contrôleurs dans les trains, et peut-être la vie sur terre serait-elle plus douce si les contrôleurs étaient moins systématiquement antipathiques et bornés.

Et puis, tout bien pesé, certes la surpopulation est néfaste dans ce train, certes il y a la queue à la voiture-bar, certes il y a des gens qui parlent trop fort derrière moi, un bébé qui hurle devant moi et mon voisin qui accapare l'accoudoir, mais la surpopulation n'explique pas entièrement l'affaire. Il faut chercher ailleurs.

AUTOPSIE, ÉPISODE 2

L'argent

Tout le mal vient de l'argent, l'argent tout-puissant, l'argent omniprésent, l'argent qui déshumanise les hommes au moment où il les asservit. Quand j'étais jeune, j'estimais que Jean-Paul Sartre avait définitivement réglé son compte à l'argent en écrivant dans *Nekrassov* que « l'argent n'a pas d'idées ». Le coup a fait mouche, mais n'a pas suffi, pour la simple et bonne raison que la majorité des gens font peu de cas des idées, qui leur apparaissent comme un passe-temps ennuyeux et stérile, et leur préfèrent les biens matériels, les réalités palpables, les objets consommables. Et l'argent donne accès à tout cela.

Du reste, si on en juge par le nombre de leurs synonymes respectifs, l'argent est encore plus important dans nos existences que la nourriture, pourtant indispensable à la vie. Vingt-quatre synonymes pour la nourriture – les aliments, la becquetance, la bouffe, la bouffetance, le fricot, la graille, la boustifaille, la (bonne) chère, les victuailles, la pitance, la croûte (qu'on casse), la cuisine, la mangeaille, la table (et ses plaisirs), la soupe, le manger, l'ordinaire, la pâtée, le pain (quotidien), le rata, la popote, la tambouille, la tortore, les vivres –, on a rarement vu liste plus indigeste… et quarante-deux pour l'argent (moi, je suis obligé de les énumérer, pour prouver ce que j'avance, mais vous, vous n'êtes pas obligés de les lire, vous pouvez choisir de me faire confiance et passer directement au paragraphe suivant !) – le fric, l'oseille, le pognon, le flouze, le carbure, le pèze, le jonc, les sous, la galette, les talbins, les pépettes, les thunes, la banque, les picaillons, la braise, les briques, la ferraille, le liquide, la finance, le blé, la monnaie, les deniers, l'artiche, les devises, les ronds, les écus, les espèces, les fonds, le grisbi, l'osier, les radis, la caillasse, les biffetons, la mitraille, le cash, la maille, la moula, la moulaga, le wari, le biff et la zeyo.

Mais si la nourriture a toujours accompagné l'homme, et ce depuis des temps immémoriaux, l'argent, lui, est une invention relativement récente. La monnaie métallique, en argent ou en or, est apparue en Grèce il y a 2 700 ans.

Quant à la monnaie papier, elle aurait été inventée en Chine il y a un millénaire, et peut-être par un banquier si l'on en croit l'auteur Christian Arabian qui commence ainsi la célèbre chanson « Le Fric » immortalisée par les défunts Frères Jacques :

Un jour il inventa l'argent,
Ce démon très intelligent
Qui sut comprendre le premier
La valeur d'un bout de papier.

L'argent

Ce démon était un banquier
Et depuis dans le monde entier
L'argent circule
Et fait des bulles.

Pour être un nouveau venu, l'argent n'en est pas moins une véritable star. Toxique, mais star. Des millions de gens vivent et meurent pour l'argent. Ces mêmes millions de gens ne s'évaluent eux-mêmes et n'évaluent les autres qu'à l'aune de la richesse, la « vraie » richesse, en monnaie sonnante et trébuchante, au mépris évidemment de la richesse intellectuelle, celle-là même qui fabrique les idées que l'argent n'aura jamais.

L'argent est la première cause des dissensions, des querelles, des conflits et des guerres, et c'est assez dire sa responsabilité prégnante dans le délabrement des rapports sociaux et le climat décadent qui en découle. Tout le mal vient de l'argent, qu'on en ait ou qu'on n'en ait pas. Quand on n'en a pas, on est prêt à toutes les exactions pour en avoir, et quand on en a, on n'a plus d'autre désir que d'en avoir encore davantage, quitte à maltraiter ceux qui n'en ont pas. Car l'argent, tout comme l'alcool et l'héroïne, est manifestement addictif. Les pauvres donneraient cher, si l'on ose dire, pour avoir de l'argent, et les riches ont besoin, pour obtenir les mêmes effets et atteindre les mêmes niveaux de plaisir, d'en avoir toujours plus. De la sorte, les riches, qui par définition ont de l'argent, courent après l'argent avec le même appétit que les pauvres, qui n'en ont pas, ce qui confère à l'argent, comme on le voit, le pouvoir d'être poursuivi par tout le monde avec la même rage, et qui génère un processus que j'appelle de « nivellement par le bas instinct » et, conséquemment, un abaissement du niveau de civilisation.

... (sieste de 10 minutes, interrompue par un appel de mon banquier, qui me ramène doublement sur terre. (Le lecteur aura promptement rectifié : ce n'est évidemment pas « mon banquier » qui m'appelle, ni même « mon conseiller bancaire », mais « un » conseiller bancaire. Les rôles sont clairement distribués : le « banquier » appelle les aristocrates et les milliardaires pour les féliciter, le « conseiller bancaire » appelle les pauvres pour les faire chier) ...

Tout bien considéré, l'argent n'a pas que des défauts : il est notamment utile pour couvrir un découvert bancaire. Et puis on peut aussi faire de belles choses avec l'argent, notamment financer une campagne internationale de dénigrement de l'argent.

Je suis allé un peu vite en besogne. Supprimer l'argent ne nous libérerait pas de la logique de décadence qui nous étourdit. Tout le mal ne vient pas de l'argent. L'or, le palladium, et le rhodium ont aussi leur part de responsabilité.

Au passage, en me remémorant mon sommeil interrompu par l'argent, je crois que le moment est bien choisi d'exposer une théorie philosophico-thérapeutique dont j'ai la paternité. Cette théorie affirme que les trois entités dont il a été question aux paragraphes supérieurs, à savoir la mémoire, le sommeil, et l'argent, fonctionnent sur une même logique, qui ressortit à la notion de confiance.

Si j'ai confiance en ma mémoire, alors elle se gardera bien de me trahir, elle fera tout pour honorer ma confiance et sera ponctuelle et fidèle.

Si en revanche je me défie de ma mémoire, alors, heurtée dans sa susceptibilité, ma mémoire prendra un malin plaisir à me faire défaut. Les acteurs de théâtre le savent bien : la peur du « trou » attire le trou. *A contrario*, l'acteur qui n'a jamais connu ce fameux « trou » fait confiance à sa mémoire, qui le lui rend bien, qui lui évite le trou, et qui, en un cercle vertueux, fortifie la confiance de l'acteur en sa mémoire.

De même, si j'ai confiance en mon sommeil, si mon sommeil et moi avons une relation amicale, alors mon sommeil se pointe fidèlement aussitôt que je le convoque. Dans le cas contraire, si je supplie mon sommeil de venir tout en doutant de lui et en pronostiquant en mon for intérieur qu'il ne viendra pas, alors mon sommeil est vexé et en effet il ne vient pas.

Quant à l'argent, si je le convoite de toutes mes forces, alors il est flatté dans son ego, il fait sa star, il prend plaisir à se faire prier, et il ne vient pas. Si au contraire je le regarde à peine, si je me montre insensible à ses appâts, alors il est piqué au vif dans son tempérament de séducteur, et il n'a plus qu'une idée en tête : venir à moi. Venir à moi qui ne veux pas de lui plutôt qu'à tous ceux qui sont d'ores et déjà conquis.

En d'autres termes, si j'ai confiance en mon pouvoir de séduction vis-à-vis de l'argent, ce dernier vient me manger dans la main, aussi certainement que les jeunes filles tombent comme des mouches devant un Don Juan dédaigneux, fat et distant.

Cette méthode vous est livrée, chers lecteurs, avec une clause de garantie d'efficacité pour les problèmes de sommeil et pour les problèmes de mémoire. Pour les problèmes d'argent, je ne peux malheureusement pas vous signer la même garantie, car j'ai connu des gens qui se foutaient complètement de l'argent et qui ont été pauvres toute leur vie. Leur sommeil et leur mémoire étaient en revanche excellents.

Mais je m'égare (de triage) et je faux (du verbe faillir) à la mission (livingstonienne) que je me suis assignée.

D'où vient le mal, bon sang de bonsoir ???

AUTOPSIE, ÉPISODE 3

La bobinette

J'y suis. Tout le mal vient de la bobinette, alias « le petit fil qui dépasse ». On en aurait pu du reste s'en douter en entendant dire, à mainte occasion, que « la vie ne tient qu'à un fil ». Je veux parler ici de l'agrafe textile, cette minuscule bobinette de fil, généralement blanc ou noir, qui attache l'étiquette commerciale à un produit textile, les paires de chaussettes notamment, cette bobinette qui compte déjà des millions de victimes innocentes et qui pourtant se targue toujours d'être un système particulièrement ingénieux.

Concrètement : un petit bout de fil de quelques millimètres dépasse de la bobinette, et il suffit de tirer dessus pour que la bobinette se détache comme par magie, libérant un morceau de fil de 5 ou 6 centimètres de long destiné à la poubelle, et libérant dans le même mouvement, l'une de l'autre et de l'étiquette, les chaussettes destinées à la collection de chaussettes. (On songe évidemment à la fameuse histoire du Petit Chaperon rouge, auquel la grand-mère, ou le loup suivant les cas, commande : « Tire la chevillette et la bobinette cherra », ce qui peut se traduire en langage moderne par « Tire le fil qui dépasse de la bobinette et l'étiquette des chaussettes cherra ».)

Il suffirait donc de tirer. En théorie. Car dans la pratique le système ne fonctionne que dans 9,5 % des utilisations (source : enquête de l'AFAP – Agence française d'application pratique –, « Succès et échecs du petit bout de fil qui dépasse », mars 2022). Dans les 90,5 % de cas restants, soit le fil qui dépasse est introuvable et il faut avoir recours à une paire de ciseaux pointus pour retirer l'étiquette sans endommager les chaussettes, soit, et c'est bien pire, on ne fait, en tirant sur le petit bout de fil, que resserrer la bobinette, et l'opération des ciseaux sera encore plus délicate que dans le cas précédent.

Dans l'histoire récente, des millions de consommateurs innocents ont été confrontés à ce dysfonctionnement chronophage et terriblement déceptif, subissant ainsi un stress violent qui a pu les conduire, dans 9,5 % des cas, ce qui est énorme (source : enquête de l'AFCDS – Agence française de comptabilisation des dysfonctionnements stressogènes –, « Agacements graves consécutifs à des bobinettes défaillantes », avril 2022), à descendre dans la rue et, à défaut de tirer sur le fil qui dépasse, à tirer sur tout ce qui bouge et même sur ce qui ne bouge pas.

Ce genre de mitraillage aveugle est une cause avérée de décadence. C.Q.F.D. Lumineux !

... (sieste de 42 minutes, durée inspirée par ma pointure de chaussettes) ...

À la réflexion, cinq éléments contredisent l'hypothèse assez brillante selon laquelle tout le mal vient de la bobinette.

1) Tout le monde n'achète pas des chaussettes ou autres produits textiles. Les nudistes en particulier restent en dehors de l'affaire.

2) Les produits textiles ne sont pas tous attachés à leur étiquette par le système de la bobinette. On utilise fréquemment dans les pays industrialisés une petite agrafe en nylon en forme de segment de droite, semblable au symbole de correction typographique qui délimite les signes que l'on souhaite supprimer ou remplacer.

3) L'astuce des ciseaux pointus est désormais pas mal connue des utilisateurs.

4) Notre pharmacopée propose toute une gamme de médicaments destinés à apaiser le stress.

5) Les armes ne sont pas en vente libre.

Vaille que vaille, il faut chercher ailleurs.

AUTOPSIE, ÉPISODE 4

La télévision

J'ai trouvé. J'aurais dû y penser plus tôt. Tout le mal vient de la télévision.

Cet appareil diabolique inventé en 1925 par l'ingénieur écossais John Logie Baird (aptonyme, si l'on est enrhumé) est fâcheux à deux titres : nuisible en raison de son contenu, maléfique en raison de sa capacité.

Commençons par le second reproche. La télévision nous permet d'être informés de toutes sortes d'horreurs et de malheurs sur lesquels nous n'avons aucun levier d'action, et nous condamne ainsi à un sentiment d'impuissance terriblement anxiogène, et c'est ensuite cette anxiété qui nous rend mauvais et induit des comportements décadentogènes. (Néologisme construit à l'image d'un autre néologisme récent et qui fait florès, à savoir « accidentogène : qui est de nature à provoquer des accidents ». D'où « décadentogène : qui est de nature à provoquer des décadences ».) Concrètement, la télévision nous donne connaissance de guerres, de catastrophes naturelles, de drames humains de toute nature, de calamités sanitaires, de crimes épouvantables, et j'en oublie volontairement, tous événements sinistres, stressants, douloureux, oppressants, devant lesquels nous ne savons que rester interdits – comme attachés à l'arbre sur la rive du fleuve où un enfant est en train de se noyer –, toutes informations qui ne nous laissent que les yeux pour pleurer et une bouche ahurie d'où laisser échapper quelques mots affligeants de banalité pour compatir symboliquement.

Tremblement de terre en Turquie : à part jouer à compter les morts et parier sur le nombre de survivants retrouvés au septième jour, que faire ?

Guerre fratricide entre tribus en Afrique : à part prendre parti à pile ou face pour les uns ou pour les autres, que faire ?

Un avion s'écrase en Indonésie, 238 morts. À qui envoyer des condoléances ?

Massacre à l'arme lourde dans un collège américain.

« Il faut punir le responsable !
— Il s'est donné la mort après avoir fait 17 victimes.
— On peut punir qui, alors ? On ne va quand même pas rester les bras ballants !
— Je crois que si ! »

Éruption du volcan Kalabao au Costa Rica. Plus de 200 morts. C'est où, exactement, le Costa Rica ?

Mais la télévision n'est pas la première à générer ces troubles anxieux : la radio, inventée par Édouard Branly et Guglielmo Marconi, l'avait largement précédée dans cette insidieuse malfaisance. Ce n'est donc pas sur ce point que j'ai ordonné une mise en examen de la télévision, mais plus fondamentalement sur sa faculté singulière de nous donner à voir des spectacles, des paysages, des œuvres, des phénomènes, des tranches de vie sauvage, que nous n'aurions jamais pu voir, sauf à y consacrer tout notre temps et notre budget. Je parle là des sublimes documentaires sur l'élevage caprin et la tradition de la *zampogna* dans les Apennins, sur le Musée du Caire, sur la vie des marmottes, des grizzlis, des mygales, des panthères des neiges, des méduses, sur la raréfaction des colibris, des orques, des girafes, sur l'extinction des pandas, des tigres de Sunda et des marsouins aptères, sur la délicate culture de la vanille à Madagascar ou du thé au Sri Lanka, sur le désert du Kalahari, la Terre de Feu, les étendues glacées du Groenland, les vieux quartiers de La Paz, sur la vie des Guaranis, sur la forêt où vivent les Guaranis, sur le fleuve où pêchent les Guaranis, sur les danses traditionnelles en Mongolie, sur les lacs péruviens, sur les pêcheurs d'Essaouira, sur la vie quotidienne aux îles Kerguelen, sur les animaux qui y habitent, sur les poissons qui nagent autour, sur la cuisine polynésienne, sur les expéditions au sommet de l'Everest et sur les chiens de prairie en Australie.

Pas besoin de bouger de son fauteuil pour voir toutes ces merveilles, pas besoin de se lever puisqu'on a déjà tout vu, et même mieux vu qu'en vrai avec ses yeux. On a vu l'intérieur du terrier des campagnols, et même sous l'eau celui des castors. On a vu la migration des gnous, les feux de brousse poussés par l'harmattan, les orangs-outans de Bornéo, l'Arctique et ses ours, les chutes de Foz do Iguaçu, on n'est allé nulle part mais on a tout vu. On a « virtuellement » tout vu. La télévision, en feignant d'aiguiser notre curiosité, la tue par saturation. C'est le moindre de ses méfaits.

Car le second reproche est plus lourd. La télévision, qui était supposée être un outil d'éducation populaire, est une entreprise d'abêtissement des masses. Les animateurs les plus regardés sont des parangons de débilité, de vulgarité, d'étroitesse d'esprit. Les films les plus diffusés sont de navrants navets où l'indigence le dispute à la trivialité. Les émissions de téléréalité braquent leurs projecteurs sur ce que le genre humain a de plus médiocre et de plus quelconque. Les programmes de la télévision française, toutes chaînes confondues, sont un océan de fiente sur lequel surnagent difficilement quelques rares bijoux qui ne tarderont pas à couler à pic.

Il serait salutaire, *a contrario*, que les masses connaissent par exemple la méthode, découverte dit-on par un Nigérien de 12 ans, qui permet de savoir si un nombre est divisible par 7 : il suffit de multiplier par 5 le chiffre des unités et d'additionner le nombre constitué par les chiffres restants. Si le résultat est divisible par 7, alors le nombre est divisible par 7.

Pour un nombre élevé, on renouvellera l'opération jusqu'à obtenir un multiple de 7 connu.

Soit à tester 4 893.
(5 × 3) + 489 = 504
(5 × 4) + 50 = 70.
Donc 4 893 est divisible par 7.
Soit maintenant à tester 2 652 384.
(5 × 4) + 265 238 = 265 258. Bien bien.
(5 × 8) + 26 525 = 26 565. Toujours ok.
(5 × 5) + 2 656 = 2 681. Je continue.
(5 × 1) + 268 = 273. On arrive.
(5 × 3) + 27 = 42.
Donc 2 652 384 est divisible par 7.
Accessoirement, le résultat est 378 912.
Qui n'est pas, le lecteur pourra aisément s'en assurer, divisible par 7.

On peut difficilement construire une vraie vie d'homme sans connaître cette méthode. Eh bien la télévision n'en a jamais soufflé mot. La radio non plus, au demeurant. L'éducation populaire attendra encore.

En anesthésiant nos instincts de découvreurs et en nous gavant d'inepties, la télévision, plus encore que le pouvoir, nous rend cons. En vertu de quoi nous nous conduisons comme des cons, et entamons notre décadence. C.Q.F.D.

D'où vient le mal ?

... (sieste de trois heures et deux minutes, divisible par 7, puisque équivalente à 7 siestes de 26 minutes) ...

Je renifle à mon réveil la fragilité de cette hypothèse. Car s'il était prouvé que tout le mal vient de la télévision, alors la solution miracle coulerait de source : il suffirait de ne pas l'allumer. Et l'existence même de cette solution miracle, qu'on l'applique ou non, suffirait à nous prémunir de la décadence, fortifiés que nous serions tous par la connaissance certaine d'une sortie de secours.

AUTOPSIE, ÉPISODE 5

Le défaut de rechargement

En me réveillant ce matin à Nantes, où j'ai passé trois jours à animer un séminaire de « Préparation à l'apprentissage des méthodes de détection des origines et des causes des phénomènes sociaux préoccupants », en me réveillant, donc, j'y vois plus clair. Tout le mal vient des manquements, de la négligence, si ce n'est de la pingrerie, des directeurs ou directrices d'établissement hôteliers.

Je dois préciser qu'il ne sera question ici que des hôtels à trois étoiles et plus, le lecteur comprendra vite pourquoi, et préciser aussi que mon expérience du terrain me permet d'affirmer que tous les directeurs sont concernés par le reproche qui suit.

Dans les hôtels de catégorie supérieure, le client trouve, en arrivant dans sa chambre, un petit mot de bienvenue de la Direction, une literie propre et fraîche, draps et taies, une bouteille d'eau minérale, un stylo ou un crayon à papier ainsi qu'un bloc-notes aux armes de l'hôtel, une machine à café ou une bouilloire accompagnée d'un sachet ou une capsule de café et une autre de décaféiné, trois sachets d'infusion (généralement « fruits rouges », « camomille », et « thé Earl Grey »), à quoi s'ajoutent quelques petits cadeaux de provenance locale (à Nancy, des bonbons à la bergamote et une biographie du roi Stanislas ; à Grenoble, des chocolats aux noix et un livre de 450 pages illustrées sur la Résistance dans le Vercors ; à Quimper des kouign-amanns miniatures et une monographie sur les peintres de Pont-Aven ; à Dax des bonbons au pin des Landes et une *Histoire de la tauromachie des origines à nos jours* ; à Saint-Martin-de-Ré des sablés nantais et un ouvrage illustré intitulé *Ostréiculteur, un métier d'avenir*).

Dans la salle de bains, l'hôte (exemple d'énantiosémie qui ne devrait pas résister à une brève analyse, puisqu'il est question de celui qui « arrive ») trouvera des serviettes propres et fraîches, un tapis de douche du même métal et des produits de toilette aux allures d'échantillons, au minimum un shampooing, un gel douche, une « *Body lotion* », à quoi s'ajoutent parfois une brosse à dents, un bonnet de douche, des cotons-tiges, un peigne, une éponge à chaussures et un nécessaire à couture.

Dans la mesure où, pour un séjour de plusieurs nuits, le prix des chambres n'est jamais, je dis bien *jamais* dégressif, le client, qui paye le même prix pour chacune des nuits passées, s'attend logiquement à retrouver les jours suivants les mêmes cadeaux qu'à son arrivée. C'est du reste ce qui arriverait s'il quittait la chambre à midi en soldant son compte et la reprenait à 14 heures, au besoin sous un autre nom.

Ce n'est jamais, je dis bien *jamais*, le cas. Les chambres ne sont jamais, je dis bien *jamais*, « rechargées », pour employer un mot d'un jargon hôtelier imaginaire.

Or, s'il est peu probable que le client, dans la suite de son séjour, désire un deuxième puis un troisième exemplaire de l'*Histoire de la tauromachie*, ni qu'il souhaite un deuxième puis un troisième mot de bienvenue de la Direction, il est en revanche tout à fait possible qu'il ait consommé dès le premier jour le café, le décaféiné, les trois infusions, les chocolats aux noix, le shampooing, le gel douche, la « *Body lotion* », la brosse à dents, le bonnet de douche, les cotons-tiges, l'éponge à chaussures, le nécessaire à couture et l'eau minérale, et il est également vraisemblable qu'il souhaitera disposer d'une literie propre et fraîche, de serviettes neuves et d'un tapis de douche impeccable.

Et si tel client, qui a séjourné par exemple une semaine, porte une réclamation, il lui sera sans doute demandé avec un sourire goguenard : « Avez-vous vraiment besoin de sept peignes, sept stylos, sept blocs-notes, sept nécessaires de couture, et sept *Biographies du Roi Stanislas* ? »

Alors, si le client est, comme moi, mauvais coucheur (c'est le cas de le dire), il répondra : « Je veux avoir chaque jour la même chose pour le même prix, et l'usage que j'en fais ne vous regarde pas. Je peux bien fumer les sachets d'infusion si la fantaisie m'en prend, donner les sablés nantais aux canards, brûler les blocs-notes, et me mettre les peignes et les stylos dans le cul ! »

Ce dernier mot donne à l'échange une tournure vinaigrée. Le ton monte. Les biles s'échauffent, les coups pleuvent, tout le personnel et tous les clients s'en mêlent, la bagarre fait rage, c'est l'amorce de la guerre civile, et par conséquent de la décadence.

... (2 nuits complètes à l'Ibis de Péage-du-Roussillon) ...

Le Lexomil m'a apaisé. Je pense désormais que, si on adresse poliment à l'hôte (celui qui reçoit) une demande raisonnable, portant par exemple sur les capsules de café, l'eau minérale, les bonbons au pin des Landes, et le shampooing, alors l'homme, ou la femme, s'exécutera sans rechigner. Il est même possible, si on est patient et culotté, de négocier dès la réservation un tarif très légèrement dégressif. Enfin, je note que l'offre hôtelière haut de gamme ne représente que 10 % de l'offre globale.

Tout le mal vient sans doute d'un peu plus loin.

AUTOPSIE, ÉPISODE 6

La croissance

Tout le mal vient de la croissance. Non pas de la croissance économique, mais de la croissance physique, celle qui transforme les enfants innocents et rieurs en adultes lourds et bornés, celle qui transforme, en quelques années seulement, une foule d'adorables bambins en une détestable bande de gros cons. C'est donc à l'inexorable marche en avant du temps qu'il faut au bout du compte imputer la faute : c'est bien le temps qui permet cette croissance des êtres vivants, dans un rapport de proportionnalité quasiment intégral : en effet, si le bébé panda reste minuscule pendant plusieurs mois et grossit à vue d'œil pendant les années suivantes, la plupart des êtres vivants fonctionnent sur le mode du bambou (cher au panda), qui croît régulièrement, à une vitesse pouvant atteindre un mètre par jour dans les conditions optimales, et un mètre par an dans les patios parisiens des compagnies d'assurance.

Mais tandis que la croissance « économique » – cet emballement de la production et de la consommation qui nous mène droit dans le mur –, a peut-être une solution, qu'on appelle la décroissance, *a contrario*, la croissance d'un être vivant est proprement (et malheureusement) irrémédiable, au sens où on ne saurait lui opposer quelque remède que ce soit. On n'inverse pas le cours du temps. Jamais une girafe adulte ne pourra redevenir un girafon, jamais un chêne centenaire ne pourra redevenir l'arbrisseau chétif qu'il fut, jamais un papillon ne redeviendra chenille, même en se contorsionnant douloureusement. De même, jamais un adulte ne pourra redevenir un enfant, et c'est par une métaphore spécieuse que l'on parle d'adultes « retombés en enfance ». Ceux-là ne font que singer éperdument l'enfant qu'ils ne seront plus, quand ils n'ont pas tout simplement perdu la raison et le discernement qui en principe l'accompagne.

C'est donc bien la croissance, qui, en transmuant en une petite vingtaine d'années de gracieux mouflets en bourrins barbares, crée les conditions de la décadence.

... (microsieste de 2 minutes) ...

Imputer la décadence à la croissance revient à faire de la décadence une fatalité. Il est dès lors stérile de rechercher des responsabilités, puisque le mal est inévitable.

En d'autres termes, si cette hypothèse est la bonne, il est vain et absurde de la mentionner. La recherche des causes du mal devient « sans objet », et ce livre sans intérêt. Il me faut, pour des raisons intellectives et surtout pour des raisons pratiques, changer mon fusil d'épaule.

AUTOPSIE, ÉPISODE 7

Les juifs

Tout le mal vient des juifs. Ils trustent sans vergogne tous les postes stratégiques, en particulier dans les médias, ils s'enrichissent éhontément sur le dos des honnêtes gens, ils compromettent systématiquement la pureté de la race, l'ordre public, ainsi que la prolifération des carpes à farcir dans nos étangs.

... *(sieste de 39' 45")* ...

À la réflexion, ce point de vue, assez radical au demeurant, a déjà été défendu il y a quelques décennies par des gens dont la bêtise a clairement été démontrée par la suite, des gens qui ont commis des crimes et des atrocités monstrueuses et indéfendables, ont mené le monde au bord du gouffre, et finalement mis à genoux leur propre pays alors qu'ils s'étaient vantés de pouvoir faire précisément le contraire.

Mon hypothèse du jour est, à l'évidence, à la fois la plus nocive et la plus bête de toutes.

D'où vient le mal ?

Il faut être tellement bête pour être antisémite, pour tomber dans tous les vieux panneaux, pour se nourrir des fantasmes les plus éculés, pour croire aux mythes les plus délirants, pour épouser les légendes les plus débiles, pour s'embourber dans les contrevérités les plus grossières… en un mot comme en cent, il faut être tellement « con » pour être antisémite qu'on est en droit de se demander si tout le mal ne vient pas de l'antisémitisme, lequel – et voilà qui me relance ! – est essentiellement forgé de frustration.

AUTOPSIE, ÉPISODE 8

La frustration

Tout le mal, c'est lumineux, vient de la frustration. C'est du reste probablement la frustration qui m'a, même fugitivement, inspiré l'hypothèse précédente.

Je tiens la frustration pour un des moteurs les plus puissants de l'activité humaine, un moteur qui malheureusement ne fait pas avancer, mais reculer son utilisateur.

La frustration est, selon les spécialistes, « une émotion pouvant apparaître lorsque nous ne parvenons pas à atteindre un objectif fixé ». Elle s'apparente au ressentiment, à l'amertume, puis à la colère, et, de fil en aiguille, à la rancœur, à l'aigreur, puis à l'hostilité et finalement à la haine. La frustration est ainsi à l'origine de la plupart des violences, allant du simple geste malveillant jusqu'au meurtre.

La frustration, bien sûr, s'ignore : l'individu qui souffre de frustration ne sait pas de quoi il souffre. Il sait seulement qu'il souffre, mais n'identifie pas le mécanisme qui produit cette souffrance. Et c'est là que la tragédie devient cocasse, car pour ne pas éprouver de frustration, point n'est besoin d'aller se détordre les neurones dans des stages Zen hors de prix. Il suffit de ne pas se fixer des objectifs inatteignables. Il suffit de réviser ses ambitions à la baisse, que ce soit en matière de séduction, d'argent, de pouvoir, ou de reconnaissance.

L'exemple le plus clair est celui de la séduction : si je convoite une femme qui n'est pas « à ma portée », je fonce droit dans le mur de la frustration. La bonne échappatoire consiste alors à cesser de convoiter cette femme qui est, en quelque short et manifestement, « trop bien pour moi », et à en convoiter une autre, susceptible quant à elle d'être sensible à mes avances. Il n'en reste pas moins que, selon une étude très étudiée, de nombreux jeunes français ont battu leur chien de rage de n'avoir pu séduire Sophie Marceau, dont pour ma part j'ai eu la lucidité de ne jamais rêver.

Limiter ses ambitions, modérer ses ardeurs. Jules César a fait montre d'une grande sagesse en écrivant : « J'aimerais mieux être le premier dans ce village que le second à Rome. » Il a pressenti que son désir viscéral d'être « le premier » avait bien plus de chances de s'assouvir à la petite échelle de son village qu'à l'échelle démesurée de la ville éternelle ; qu'en ambitionnant Rome, il s'exposait à l'échec et donc à la frustration, alors qu'en ambitionnant son village, il pouvait raisonnablement espérer la réussite, et donc juguler la frustration.

L'exemple est un peu bancal, dans la mesure où finalement Jules César a bel et bien été le premier à Rome. N'empêche qu'il a été rattrapé par la frustration, non pas la sienne, mais celle d'un quarteron de conjurés, notamment Cassius, Metellus, et bien sûr Brutus, qui lui porta le coup de grâce que l'on sait dans les conditions que l'on sait agrémentées des mots historiques que l'on sait.

La frustration tue, bien autant que le tabac ou l'obésité. Mais tandis que le fumeur et l'obèse se tuent eux-mêmes, le frustré tue l'autre ou les autres, par dépit.

Enlevez les frustrés, vous ferez reculer la décadence.

Multipliez-les, en excitant la convoitise et l'envie par tous les moyens publicitaires imaginables, et vous amplifierez la décadence. Vous serez l'artisan du Mal.

... *(accès de somnolence de 4 secondes)* ...

L'avant-dernière phrase du chapitre précédent me met enfin sur la voie. Ce n'est pas de la frustration que vient tout le mal : c'est de la publicité, puisque c'est de la publicité que vient la frustration. Pas toute la frustration du monde, mais une bonne part des frustrations décadentogènes. La publicité étale et agite sous nos yeux des montagnes de biens et services que nous ne pourrons jamais nous procurer par des moyens honnêtes, et c'est ainsi que viennent la frustration et son « terrible cortège » de violences.

Je me souviens avoir cloué le bec sur un plateau de télévision à Alain Afflelou, opticien et homme d'affaires qui a bâti son succès sur le slogan publicitaire « Il est fou, Afflelou ». Comme un journaliste taquinait l'opticien en le soupçonnant de « ne pas être si fou que ça », j'avais abondé dans son sens en rappelant que, comme chacun devrait le savoir, « la publicité, c'est le mensonge ». Sur quoi Alain Afflelou s'était enflammé, en affirmant qu'au contraire tout ce qui est dit dans la publicité est vrai, sévèrement contrôlé par des organismes intraitables, et qu'on est en mesure de le prouver.

« Vraiment? avais-je objecté. Eh bien : "Un Mars et ça repart", prouvez-le-moi ! » L'opticien avait admis sa défaite d'un sourire crispé.

Rappelons-nous quelques slogans célèbres :

« UHU colle tout sur tout. » *Mensonge sans gravité, mais mensonge. Généralisation abusive. UHU ne colle pas le cuivre sur l'huile d'olive.*

« Omo est là, la saleté s'en va. » *Mensonge. Une partie de la saleté, mais pas « la saleté ».*

« Barilla, et l'Italie est là. » *Mensonge par métaphore trompeuse. J'ai mangé des Barilla l'autre soir, l'Italie ne s'est pas rapprochée de chez moi d'un centimètre.*

Banque populaire : « Banque et populaire à la fois. » Ou encore « Nous ne sommes pas populaires sans raison. » *Mensonge : vous n'êtes pas « populaires ». Ni au sens de « qui émane du peuple », ni au sens de « qui a la faveur de la population, du plus grand nombre ». Vous aimeriez l'être, je le vois bien, mais vous ne l'êtes pas.*

Red Bull : « La boisson qui donne des aiiiles. » *Mensonge. Au mieux, cette boisson donne de l'énergie, et sinon le diabète.*

Auchan : « La vie, la vraie. » CityScoot : « Liberté sans bornes. » Quick : « Nous, c'est le goût. » *Mensonges. Prétentieuses vantardises. Abus de langage.*

Mercurochrome : « Le pansement des héros. » Herta : « Le goût des choses simples. » *Et mon cul, c'est du poulet ?*

Club Med : « Tous les bonheurs du monde » ou bien « Le bonheur si je veux ». *Un des plus gros mensonges, à la limite de l'escroquerie.*

M&M's : « Le chocolat qui fond dans la bouche, pas dans la main. » *Inexact. J'ai testé : ça fond dans la main.*

Axe : « Plus t'en mets, plus t'en as ! » *Mensonge. Je m'en suis vaporisé abondamment toute la semaine, et maintenant j'en ai plus. À part ça, j'ai bien saisi le double sens, mais ça n'excuse rien.*

Volkswagen : « C'est pourtant facile de ne pas se tromper. » *Mensonge : en réalité, en matière d'automobiles comme en mille autres matières, il est très difficile de ne pas se tromper.*

Kellogg's : « Les enfants grandissent toujours trop vite, mais avec Kellogg's, ils grandissent bien. » *Et ta sœur, elle grandit bien ?*

Champomy : « Sans alcool, la fête est plus folle. » *Plus raisonnable, d'accord, mais « plus folle », vous repasserez !*

MMA : « Zéro tracas, zéro bla-bla. » *C'est ça, prends-moi pour un jambon !*

Kiri : « Le fromage des gastronomes en culottes courtes ». *Essayez donc de me montrer ce que ce machin qui usurpe le nom de « fromage » a de gastronomique !*

Pierre Martinet : « Le Traiteur intraitable. » *Intraitable mes fesses, si je puis me permettre !*

Avec une telle accumulation de mensonges, plus captieux et plus grossiers les uns que les autres, la publicité trompe les braves gens, les conduit à la frustration, donc à la colère et au mal-être, donc à la décadence.

... (trois semaines au Club Med « Les Boucaniers » à la Martinique) ...

Je vais mieux. Je repars de zéro. Je sens que je n'ai jamais été aussi près du but.

AUTOPSIE, ÉPISODE 9

L'échelle

Tout le mal vient de l'échelle. Plus exactement d'une question d'échelle. En effet, à cause de la science, notamment de la géologie et de l'astronomie, l'homme a cessé de vivre dans un espace à son échelle et dans un temps à son échelle. Sa perception du monde est faussée. Il est « perdu ».

Revenons 100 000 ans en arrière. L'homme imaginait alors vivre dans l'espace des quelques kilomètres carrés qui constituaient son territoire. Plus tard, il a pu concevoir que son espace et celui de ses congénères s'étendait sur un cercle de 50 kilomètres autour de son campement. Puis 500 kilomètres. Puis il a commencé de se déplacer, à 5 000, 10 000, 20 000 kilomètres, pour échapper à la surpopulation évoquée plus haut. On était encore « à l'échelle humaine ». Désormais, pour peu qu'il soit un tout petit peu instruit, l'homme vit dans un espace dont les limites se situent à 46 milliards d'années-lumière.

Côté « temps », maintenant. Autrefois, l'homme vivait à une échelle de 30 ans, qui était son espérance de vie. Puis il a compris qu'il y avait un avant et un après, et il s'est considéré à une échelle de 100 ans, puis de 1 000 ans quand il a commencé de s'inscrire dans l'Histoire. Il s'est pensé ensuite, avec l'apparition de la paléontologie, à une échelle de 100 000 ans. Désormais, l'homme se sait vivre dans un temps de 4,5 milliards d'années, qui est l'âge de la Terre, ou même de 13,7 milliards d'années, soit l'âge de l'Univers. Son temps est « multiplié » par 500 millions. Son espace par 500 000 milliards de milliards. C'est trop. Il perd les pédales, ses repères, ses clefs, et bientôt la tête. Et le voilà décadent.

... (sieste de 7 522 secondes à 357 mètres de chez moi) ...

Divine surprise : même après ma sieste, la théorie de l'échelle tient debout. Le problème, c'est que si l'idée que « tout le mal vient de l'échelle » se propage par ma faute et comme une traînée de poudre (saluez le zeugme), alors je causerai un grand tort à Pierrot Champagnole, un ami d'enfance, un *self-made man* infiniment joyeux et sympathique, qui a ouvert à Montauban un commerce d'échelles. Situé au 13, rue Pierre-Louis Bardillon (maire de Montauban de 1892 à 1898), ce magasin d'échelles est situé au premier étage d'un immeuble, et on y accède par une échelle, ce qui est un véritable coup de génie en termes de marketing, mais qui limite la clientèle aux moins de 50 ans dans la mesure où l'échelle est assez « raide », comme on dit dans le jargon des échelliers (au demeurant, le néologisme « échellier » a été inventé par les commerçants en échelles eux-mêmes, qui souffraient cruellement de n'avoir pas de mot pour désigner leur métier. Ils se sentaient défavorisés, pour ne pas dire handicapés, par rapport aux charcutiers, aux sabotiers, aux choucroutiers, aux bistrotiers, aux charpentiers, aux gardes forestiers, aux grainetiers, et même aux flibustiers, alors que la flibuste n'est pas exactement une activité professionnelle relevant de la Chambre de Métiers, mais quand on est amer, on mélange un peu tout, c'est bien compréhensible. L'AME (Amicale des marchands d'échelles, anciennement AMER, Amicale des marchands d'échelles remontés, sous-entendu « remontés à l'échelle ») créée et animée par mon copain d'enfance, a studieusement planché pour inventer ce mot « échellier ». Les membres ont été tour à tour tentés par « échelliste », qui sonne joliment comme fleuriste et fumiste ; « échelleur », qui fait penser à imprimeur et ferrailleur (lequel « ferrailleur » a, si on le décompose, un arrière-goût amer de délocalisation) ; « échellien », comme comédien ou grammairien ; le trésorier de l'Association a même proposé un jour « Ténor du Barreau », en référence aux barreaux de l'échelle, mais c'était pour rire, et ça a d'ailleurs bien fait rire).

Je sais tout cela parce qu'un soir, au clair de la lune, mon ami Pierrot m'a raconté toute l'histoire. Il m'a aussi relaté à cette occasion les circonstances dans lesquelles il avait imaginé le concept de magasin au premier étage. C'était à Charleville-Mézières, Pierrot allait déjeuner chez un cousin, il ne voulait pas arriver les mains vides, il s'est mis en quête d'une « bouteille de pif », comme il dit, et il est tombé quasiment par hasard sur un caviste… installé dans une cave ! Il a eu l'illumination, et il s'est dit qu'un échellier se devait d'être accessible exclusivement par une échelle, en oubliant que la difficulté, pour les plus de 50 ans, n'est pas tant de monter l'échelle pour accéder au magasin que de la redescendre ensuite les mains encombrées par l'échelle qu'ils viennent d'acheter.

Bref, pour ne pas faire de peine à mon ami, j'aime autant oublier et taire, même si c'est la vérité, que « tout le mal vient de l'échelle ».

AUTOPSIE, ÉPISODE 10

L'alcool

Tout le mal vient, c'est clair comme de l'eau de roche, de l'alcool.

Mais avant de le démontrer, je me rends compte que je suis passé un peu vite sur l'histoire des échelliers, et je sens qu'on va me le reprocher. Mon ami Pierrot m'a confié à quel point le milieu des échelliers est brutal. Depuis le milieu du XXe siècle, une guerre larvée oppose deux camps apparemment irréconciliables : les tenants de l'échelle en bois, en raccourci « les bois », et les partisans de l'échelle en aluminium, autrement dits « les alus ». Pour nous, néophytes, les deux versions se valent, elles ont chacune leurs avantages et leurs inconvénients : l'échelle en bois est plus discrète, notamment en forêt, mais l'échelle en alu est plus résistante, notamment aux feux de forêt. À taille égale, le poids est comparable, et les deux matériaux autorisent une portée d'environ 10 mètres. Mais, s'agissant du transport, une grande échelle en alu se replie en trois segments coulissants, alors que l'échelle en bois est d'un seul tenant et nécessitera donc un véhicule plus grand, sans compter la nécessité réglementaire d'accrocher un petit fanion à l'extrémité de la partie de l'échelle qui dépasse du véhicule. Bref, nous mettons les deux types d'échelle à égalité, et je pense personnellement qu'il y a bien, compte tenu de la demande, assez de place pour que les deux matériaux cohabitent. Ce n'est semble-t-il pas le cas des échelliers, dans la communauté desquels, dixit Pierrot, « le fanatisme et la radicalité prennent souvent le pas sur la raison ». Les bois nomment les alus « les petits cons de métallos », et les alus appellent les bois « les gros cons réactionnaires ». Les quolibets fusent, et les mots font mal.

Les quelques pacifistes que compte la communauté des échelliers ont tout fait pour tenter de réconcilier les deux camps. En 2007, un échellier paisible et tolérant du nom de Pablo Bocardo est même allé jusqu'à créer une échelle composite, qu'il a baptisée « échelle mixte » : un montant en bois, l'autre en alu, un barreau sur deux en bois, l'autre en alu. Il n'a pas réussi pour autant à rapprocher les belliqueux bois et les alus querelleurs. Il n'a finalement fait que passer pour un hurluberlu et il a dû courber la tête sous l'avalanche des lazzis. À l'Assemblée générale de l'AMER qui a suivi, Pierrot s'est fendu d'un discours aux accents gaulliens : « Il faut que cesse cette querelle, a-t-il martelé. Il est déjà suffisamment compliqué de monter un magasin, quand les contraintes administratives aggravent les contraintes logistiques, quand, comme il arrive, l'accueil de l'Union locale des Commerçants est timide voire glacial, quand la clientèle semble au fils des années s'évaporer et fuir vers des solutions mécanisées… De grâce, n'ajoutons pas à ces obstacles le stress d'une guerre picrocholine ! » Mais les participants ne l'écoutaient pas, ils se battaient comme des chiens au fond de la salle, la bave aux lèvres et le cerveau embrumé par l'alcool, dont vient tout le mal, comme je le disais il y a un court instant.

L'alcool est un fléau épouvantable, le seul fléau recensé qui soit parfaitement légal, et qui pourtant fait à lui tout seul plus de morts et de malheureux que la route et le crack réunis. Vous voulez des chiffres ? Voici le 27 et le 40 ! Ce n'est pas n'importe quoi : ce sont les numéros sortis le plus souvent à la Loterie nationale espagnole depuis sa création en 1936. Et je pourrais en trouver d'autres.

De toutes les substances addictives, l'alcool est de loin la plus puissante et la plus dévastatrice. Et il n'est pas seulement en vente libre : il est promu en permanence par les mœurs comme par les médias. Je n'en veux même plus aujourd'hui aux industriels et aux lobbys de l'alcool : ils font leur job. Ils taillent leur route, dans un système libéral qu'ils n'ont pas forcément approuvé, mais qui leur offre une opportunité légale de s'enrichir et de prospérer. Un petit verre plus loin, il y a la réalité et les ravages de l'alcool : les violences conjugales, les bagarres dans les bars, les meurtres alcoolisés, les détresses et les solitudes, les violences et les ruines. Et la société se dissout peu à peu dans l'alcool comme le sel dans l'eau, jusqu'à n'avoir plus de nom.

D'où vient le mal ?

Je fais partie des victimes de l'alcool. Je n'ai jamais tué ni frappé quiconque, mais j'ai consommé suffisamment d'alcool pour être déclaré, au Jugement dernier, complice et acteur à la fois de la déliquescence sociétale dont je fais cependant mine, dans mes rares moments de lucidité, de rechercher les causes.

... (intermède : 3 bouteilles du Domaine des Granges de Mirbel 2021 de chez Chapoutier, robe jaune vert assez soutenue. Nez aux arômes fins d'abricot, de poire et de marmelade d'orange. Mélange de rondeur et de fraîcheur en bouche caractéristique du Viognier sur ces sols volcaniques.) ...

Non, non, non, il n'y a pas que l'alcool, ou le « pif », comme dit Pierrot, qui fait du mal : il y a aussi les olives, les cacahuètes et le saucisson. Ou les tartines de mousson de canard de chez Monoprix, tard dans la nuit. Sans parler des pâtes à la bolognaise au cognac, au lever du jour. Ni des boîtes de cassoulet froid, une fois que le jour est levé. L'alcool n'excuse pas tout. Le saucissé a sa part de responsabiliton. Dans les moments de grand désarroi, la meule d'emmental acquiert des pouvoirs que l'on ne soupçonnait pas. Et vient l'envie de jouer une valse de Chopin-Chopine sur un piano désaccordé, et celle, plus perverse encore, de jouer aux petits chevaux en sautant de deux en deux cases, ou trois. Ce sont les cacahuètes qui obstruent les canaux de l'intelligence. On cherche à en dissoudre le « bouchon » avec un verre à dents de Muscat de Baumes de Venise, mais une envie de fourme de Montbrison vient interrompre le processus. Qui veut un café ? Johanna est partie ? Il reste de la Marie-Brizard ? Qui a caché les clefs de bagnole de Baffie ? Au cas où, il y a un matelas là-bas, à côté du buffet. Les marshmallows, c'est qui qui les a apportés ? Pourquoi Damien fait des bulles en dormant ? Moi, je reveux bien du rhum arrangé à la vanille. C'était arrangé à la rhubarbe ? C'est pareil. On l'ouvre, le bocal de terrine de sanglier aux trois poivres ? Droit dans les yeux, Henri, tu penses quoi de l'alcool ? Non, pas de la colle, de l'alcool… de figue ? Ça sent la figue ? Toi t'es mon pote !

Et c'est qui, bordel, c'est qui qui a dit tout à l'heure d'où que c'est que vient tout le mal ? C'est Joséphine ? Alors c'est d'où ? Quoi, c'est doux ! Mais non, merde, on arrête de déconner, c'est d'où que ça vient ? C'est pas toi, Arnaud, qui écris un bouquin là-dessus ? Oui ? Eh ben paye ton coup, mon pote ! Attention, les olives fourrées au poivron sont tombées par terre ! Ah ben je rêve ou quoi ? Voilà les pompiers, ils sont bourrés ou quoi ? C'est pour Marielle ? Parfait. Je ferme ma gueule. Bonjour Napoléon et Murat et Lannes, vous êtes venus sans Ney ? Eh, oh ! les pomplards, vous voulez des pistaches ?

Vous savez quoi, Messssieurs les Soldats du feu ??? L'alcool, c'est lui de quoi vient tout le mal, j'ai pas raison, Lola ?

Joli travail, Watson.

AUTOPSIE, ÉPISODE 11

Le sexe

Quel idiot je fais ! La cause du mal était là, juste sous mon nez, et je ne la voyais pas, et je cherchais à tâtons dans toutes les directions sauf la bonne ! C'est le sexe, bien entendu, qui est responsable de tout le mal.

Le sexe omniprésent, glorifié, définitivement décomplexé, le sexe qui dicte sa loi funeste : déferlement de la pornographie, triomphe du libertinage, disparition de la morale et suprématie incontestée des instincts libidineux les plus sauvages et les plus débridés. Nous vivons entourés de vits turgescents et de vulves inondées de cyprine. Le discours culturel ne se soucie plus de Corneille, ni de Chateaubriand, ni de Charles Péguy : il n'est plus désormais qu'un éloge assourdissant de la lubricité et de la sodomie. Dans les écoles, on enseigne le dévergondage ; dans les collèges la débauche ; dans les universités la dépravation. Nous nous enfonçons chaque jour un peu plus profondément dans le stupre.

D'où vient le mal ?

... (promenade d'une heure dans la magnifique forêt de Tronçais, Mecque de la tonnellerie et du parquet)

...

De retour au Bar des Amis qui jouxte l'église Saint-Antoine de Braize, village médiéval situé à 15 kilomètres de Saint-Amand-Montrond (que de noms équivoques !). Le maire est toujours là, rivé au comptoir, saoul comme une barrique en chêne de Tronçais. En l'écoutant, je me rends compte que moi aussi, tout à l'heure, j'ai un peu abusé du saint-pourçain, l'AOC régional. L'édile explique maintenant comment « dans les abbayes les moines chantent des psaumes graveleux en regardant leurs abbés lécher l'anus des sœurs converses ». Et je prends conscience que je n'ai fait il y a une heure que retranscrire, sans réfléchir, ses propos gourmands sur les ravages du sexe tout puissant. Maintenant que je suis dégrisé, il me semble que le tableau qu'il a brossé avec une faconde égrillarde était peut-être excessif; en d'autres termes, que le constat accablant qu'il a dressé avec une paillardise volubile mérite probablement d'être un peu nuancé.

Certes, la concupiscence peut causer des débordements fâcheux et le sexe sort parfois de ses rails. Mais il n'est pas, pas encore en tout cas, l'incarnation du Mal.

Il faut qu'avec Nicolas Boileau je remette l'ouvrage sur le métier.

AUTOPSIE, ÉPISODE 12

Les opercules

Je déambule dans les rues de Lyon. Pour l'instant, je traverse la place des Terreaux. Je me dirige résolument vers la rue Mercière, parce que j'ai l'intention de manger dans un restaurant qui est un peu comme un bouchon sans être vraiment un bouchon au sens strict, mais ça m'est bien égal parce que dans ce restaurant on mange d'excellentes quenelles de Lyon à la lyonnaise (moi, j'appelle ça comme ça), et surtout, surtout, une fricassée de cuisses de grenouille aussi bonne que celle de Georges Blanc à Vonnas mais dix fois moins chère. Mon restaurant étant fermé pour une raison inconnue, je décide de pousser jusqu'à Perrache pour déjeuner à la Brasserie Georges, qui fait la meilleure choucroute du monde, ce qui compense le désagrément d'entendre toutes les dix minutes le limonaire ambulant jouer « Joyeux anniversaire ».

Donc : place des Terreaux, rue Paule Chenavard, à droite dans la rue Chavanne, rue Mercière, rue de Brest, place des Jacobins, rue Gasparin, place Bellecour, rue

Auguste Comte, place Carnot, et gare de Perrache. Au total un peu moins de 3 kilomètres.

Mais, Dieu tout-puissant ! La tête des gens que je croise ! Ils ont l'air tellement préoccupés, contrariés, rembrunis, dépités ! Tout se mélange dans ma tête, je pense à la cervelle de canut, spécialité lyonnaise à base de fromage blanc rehaussé de crème fraîche, d'oignon, d'échalotes, de ciboulette, d'huile d'olive, d'ail et de persil.

Fromage blanc ! C'est le déclic ! Je déroule l'axe paradigmatique : fromage blanc, yaourt, yaourt brassé, yaourt goût bulgare, yaourt à la grecque, crème à ceci, crème à cela…

La révélation : tout le mal vient des opercules.

Tous ces gens sont renfrognés parce qu'ils ne comprennent pas comment il est possible qu'à une époque où on a marché sur la Lune et où on s'apprête à marcher sur Mars, les chercheurs n'aient pas encore inventé un moyen d'empêcher le produit d'adhérer à son couvercle, qui n'est justement pas un couvercle mais un opercule.

C'est une expérience effarante partagée par des millions de gens : pour ouvrir mon pot de yaourt par exemple à la grecque, j'attrape le coin idoine de l'opercule et je tire vers le haut et vers l'arrière. Il se détache, le bougre, mais il emporte avec lui, adhérant à sa surface, la valeur d'une bonne cuiller à café du produit. Que fais-je ? Je jette l'opercule et sa couche de produit, et je vivrai dans la culpabilité d'un gâchis? Ou bien je m'inflige la corvée interminable de curage minutieux de l'opercule? (j'écarte évidemment la solution consistant à lécher l'opercule, geste bestial, grossier, vulgaire, et visible de très loin.)

Il y a souffrance dans les deux cas, et je m'interroge : que font les chercheurs du monde entier? Que font les inventeurs « de génie »? Que font les services d'assistance au consommateur des grands groupes industriels? L'humanité a, c'est certain, les moyens techniques et technologiques de résoudre le dilemme des opercules, et rien ne se passe. Comme si le problème était sans importance, comme s'il s'agissait d'un détail insignifiant.

Pas étonnant dans ces conditions de croiser dans les rues de Lyon ou d'ailleurs des gens hagards, déconfits, exaspérés, orphelins.

Aura-t-on l'impudence et le toupet de condamner ces gens si d'aventure ils versent dans l'anarchie et la décadence?

Aura-t-on simultanément l'effronterie et l'outrecuidance de « blanchir » les opercules voleurs porteurs de yaourt et de malheur à la fois?

Nous prendra-t-on longtemps encore pour des pigeons à plumer?

D'où vient le mal ?

... (douche froide de 20 minutes) ...

Ma fièvre est tombée. Je réexamine le dossier la tête froide. Le curage à la petite cuiller est fastidieux, c'est vrai. Mais si on parvient à la maîtrise technique du geste consistant à racler l'opercule sur le bord du pot, alors on fait l'économie, et de l'angoisse, et du déchirement, et du fromage blanc.

J'ai du mal à accepter ma défaite, et à déserter le champ de bataille sans combat. Je suis tenté d'incriminer maintenant les couvercles, qui sont, dans le sens antichronologique, des opercules rigides. Le couvercle est une cible plus vulnérable, puisqu'en raison même de sa rigidité il rend impossible la manœuvre du raclage. Mais il faut être honnête : il dérobe moins de matière lactée, d'autant qu'il est le plus souvent utilisé sur des pots en verre, et que les pots en verre sont souvent réservés à des yaourts à l'ancienne, non brassés, formant un bloc inexpugnable. Je ne suis pas une tête brûlée ; je suis assez lucide pour comprendre que je risque de me casser les dents sur les couvercles tout comme j'ai échoué face aux opercules.

Une seule échappatoire digne s'offre à moi : oublier les produits laitiers et changer mon fusil d'épaule.

AUTOPSIE, ÉPISODE 13

Le réchauffement climatique

Trois ans de vaines recherches avaient eu raison de ma détermination : j'avais jeté le manuscrit de ce livre sur « D'où vient le mal » au fond d'un tiroir sombre, scellé ce tiroir au ciment rapide, et entrepris d'écrire un autre livre, plus accessible, moins ardu, qui ne nécessitait ni fastidieux travail de documentation ni hasardeuses spéculations philosophico-sociétales, un livre direct, brutal et personnel intitulé *31 idées originales pour déguster le jambon.* Pour me simplifier la tâche, j'avais d'emblée élargi mon champ d'investigation à tous les jambons : jambon cuit, à l'os, au torchon, à l'étouffée, braisé, ou au bouillon ; jambon cru de Bayonne, de Parme, de Savoie, San Daniele, noir de Bigorre, Bellota d'Espagne, serrano, de Dunkerque. (Cette dernière appellation n'existe pas à l'heure où j'écris ces tranches. Mais Dunkerque, ou plus précisément Malo-les-Bains, est ma ville natale, et si un jour un charcutier particulièrement « couillu » avait l'idée de créer un jambon de Dunkerque, il serait le bienvenu dans mon livre; pas le charcutier, il ne faut rien exagérer, mais son jambon, oui.)

J'avais d'abord, en ouverture du livre, rédigé la rubrique du «jambon-tonneau». L'idée consiste à déguster sa tranche de jambon à quatre pattes sur un tonneau – qui est, comme chacun le sait, la position dans laquelle ma grand-mère faisait du vélo. La recette ne nécessite que peu de matériel : comptez un tonneau si vous êtes seul ou en couple : au-delà, comptez un tonneau pour deux personnes.

Pour un groupe de dix-sept personnes, par exemple, il vous faudra neuf tonneaux, dont huit accueilleront deux personnes à quatre pattes, et sur le tonneau restant, un des joueurs (lequel, ou laquelle, suspense! ...) dégustera en solitaire.

Très vite m'était venue ensuite l'idée du «jambon volant», qui consiste à déguster une tranche de jambon de montagne pendant une descente en parapente. Cela ne change rien au goût du jambon, mais les émotions qui accompagnent la dégustation sont inoubliables.

Je ne pouvais pas passer sous silence la recette du sandwich inversé, que les adeptes nomment «Dwichsan». Elle consiste à glisser une fine tranche de pain entre deux épaisses tranches de jambon. L'ensemble se déguste comme un sandwich traditionnel.

Plus excitant encore, le «jambon shots». Il se pratique avec des dés de jambon, idéalement vingt-deux dés de 1 cm^3 chacun. Entre chaque dé, le dégustateur avale un shot d'eau-de-vie de plantes : gentiane, baies de houx, sureau, aronia noir, châtaigne, alisier, myrte, ou églantine, comme ma deuxième fille, voir au préambule. Dès le cinquième dé, la qualité du jambon n'a plus aucune espèce d'importance : qu'importe alors le jambon, pourvu qu'on ait l'ivresse.

J'épargne au lecteur les vingt-six « recettes » suivantes, il les découvrira dans le livre s'il paraît un jour, je veux dire : s'il n'est pas censuré par les lobbies végétariens.

Il ne me manquait plus alors que la trente et unième façon, et j'explorai, Dieu sait pourquoi, l'univers de la pétanque, avec l'idée, pas encore pleinement aboutie, de jouer une partie de pétanque avec des tranches de jambon en lieu et place des boules et un cornichon en guise de cochonnet, puis de déguster l'ensemble du matériel une fois la partie en treize points terminée. Pour affiner mon idée en germe, j'avais décidé une immersion totale dans le monde des boules, et pour ce faire organisé un séjour d'une semaine au camping du Garlaban à Aubagne (13400). Le jour même de mon arrivée, à peine installé, j'allai m'asseoir à l'une des tables de la buvette du camping, la plus proche des terrains de pétanque, et j'y sirotai un « perroquet ». J'étais gentiment perdu dans mes pensées charcutières, lorsqu'un des pétanquistes, un papy jovial en espadrilles, m'interpella abruptement en ces termes : « Cherchez pas, mon vieux ! Tout le mal vient du réchauffement climatique ! »

Stupeur ! Comment ce bonhomme, que je ne connaissais ni d'Ève Ruggieri ni d'Adam Smith, avait-il deviné, d'une part que j'étais vieux, et d'autre part que je cherchais, aussi opiniâtrement que Perceval le Graal, d'où tout le mal vient ?

Je n'ai pas cherché à éclaircir le mystère. J'ai plié ma tente Quechua, j'ai sellé mon cheval, et je suis parti au grand galop sans demander mon reste. Arrivé chez moi, j'ai cassé le ciment au burin, récupéré le tapuscrit au fond du tiroir, et me voici.

Oui, bien sûr, tout le mal vient du réchauffement climatique. C'est lui qui rend les gens incommodés et inquiets, donc instables et agressifs, donc délirants et décadents. Les gens sont incommodés par la très légère hausse des températures constatée, principalement l'été, d'année en année. Mais ils sont surtout inquiets parce qu'ils savent que cette hausse est désormais inéluctable et qu'elle atteindra dans une poignée de décennies des niveaux incompatibles avec la vie humaine. En d'autres termes, les gens savent qu'ils vont crever comme des mouches dans pas très longtemps et, fatalement, ça ne les met pas de bonne humeur, ça ne les incite pas à faire la fête. La perspective de finir cramés comme à Pompéi les retient de plus en plus de sauter de joie, et les conduit même, de manière très compréhensible, à se montrer ronchons. Et quand on est ronchon, on ne se contrôle plus (j'en sais quelque chose, car le 14 juin 2014, à Cavaillon, je me suis levé ronchon un matin, et j'ai tout saccagé dans ma chambre d'hôtel pour punir l'hôtelier de n'avoir pas

« rechargé » ma chambre en infusions – voir la cinquième autopsie).

... (séance détente de deux heures dans un sauna chauffé à 75 °C) ...

Je me suis enlisé, bien malgré moi, dans les contradictions de mon préambule (on s'y reportera au besoin). Ma petite Nina, mon petit rayon de soleil, ma plus forte raison d'être, mon petit ange qui a tant d'amour dans ses beaux yeux bleu gris... est toujours là. Et je voudrais qu'elle soit un jour une grande « heureuse » ! (J'ouvre ici une parenthèse si longue qu'elle ne se refermera pas avant que la page ait tourné. À force de l'entendre racontée à la moindre occasion, nous connaissons tous l'origine de la tradition consistant à dire « merde » aux actrices et aux acteurs avant une première théâtrale. C'est qu'autrefois les spectateurs venaient au théâtre en voitures à cheval, et que par conséquent une grande quantité de crottin de cheval, autrement dit de merde, à la porte du théâtre, signifiait que les spectateurs étaient venus nombreux et que la recette serait bonne. Pour ma part, j'ai toujours refusé de prononcer ce « merde », pour la bonne raison que j'aime et respecte profondément les acteurs et leur métier, et n'ai pas envie de leur souhaiter de l'argent, ce qui est aussi peu romantique que possible, mais de leur souhaiter du plaisir. La formule « je te souhaite bien du plaisir » ayant été détournée sur un mode ironique, elle ne peut pas supplanter le « merde ». J'avais donc imaginé et proposé de remplacer le mot de Cambronne par le néologisme « dopdop », qui évoque plaisamment la dopamine, la molécule du plaisir.

« Dopdop » veut dire : « Chère actrice, cher acteur, tu joues ta première ce soir, je ne te crois pas assez vénal(e) pour penser à ton cachet, tu sais comme moi au demeurant que la quantité de public ne prouve rien, ni dans un sens ni dans l'autre, puisqu'on a vu le public bouder des chefs-d'œuvre et se bousculer dans le même temps à des pantalonnades navrantes, je ne te souhaite donc pas en premier lieu de l'argent, ni un public nombreux, je te souhaite d'abord et avant tout d'éprouver du plaisir, parce que c'est dans l'ADN de ton métier et parce que le plaisir est la condition nécessaire et suffisante d'un jeu d'acteur de qualité. »

Voilà : au lieu de cet interminable laïus, on dit « dopdop ».

J'ai fait cette proposition, je l'ai largement partagée, et propagée autant que j'ai pu : LE MONDE ENTIER S'EN EST ROYALEMENT FOUTU.

Mais le problème n'est pas là, concernant les enfants. Le problème est que nombre de parents, et de pères en particulier, rêvent pour leur enfant une situation dite « enviable » sous-tendue par un métier supposé « prestigieux ». Ils en rêvent au point parfois de l'imposer, de renier leur progéniture si elle n'atteint pas l'objectif fixé par papa. C'est une attitude détestable, qui n'est là que dans le but, soit dit en passant inatteignable, de compenser la frustration des parents dans leur propre vie professionnelle (voir la huitième autopsie). Je n'espère pas que Nina devienne une grande danseuse, une grande avocate, ou une grande paysagiste, même si cette dernière hypothèse ne me déplairait pas. J'espère seulement qu'elle sera une grande « heureuse », fin de la parenthèse.)

La condition *sine qua non* de cette réussite ninesque est que l'humanité n'ait pas disparu, que l'espèce humaine n'ait pas été anéantie par les effets du réchauffement. Il faut donc que, dans les vingt ans qui viennent, on ait trouvé le moyen de contrer ces effets funestes. Donc on va le trouver, le moyen, car dans le cas contraire j'aurais eu pour ainsi dire « tort » de fabriquer Nina, et je déteste avoir tort. Je ne peux pas accepter, essayez de me comprendre, que tout ce que je touche échoue aussi sèchement que mon projet dopdop.

Et puisqu'on va trouver le remède, ce n'est pas à ce mal-là qu'il faut imputer la responsabilité de la décadence ; cette décadence qui, soit dit en repassant et pour que nul n'en ignore, va de pair avec la regrettable défaite de l'intelligence illustrée chaque année davantage par l'affluence record du public à des spectacles de merde.

Quelques mots en passant, pour un conseil personnel concernant la température, une recette épatante et inédite à rapprocher des conseils « mémoire » et « sommeil » de l'épisode 2. Nous gaspillons tous beaucoup d'énergie à radoter qu'il fait chaud lorsqu'il fait chaud, et à seriner qu'il fait froid quand il fait froid. Ces rabâchages ne changent pourtant rien à la température qu'il fait : ils sont improductifs en plus d'être soûlants. Pour ma part, et pour bannir ce gaspillage d'énergie vocale et gestuelle, j'ai résolu, il y a déjà plus de cinquante ans, de « débrancher mon thermostat ». J'ai décidé de faire comme si je n'étais pas impacté par la température qu'il fait, et donc de ne jamais la commenter.

On ne m'entend jamais dire que j'ai chaud ou que j'ai froid, et du reste j'ai fini par ne même plus le savoir. Aux variations inévitables de température, j'oppose ainsi une indifférence méprisante, et je ne m'en porte que mieux. Je conseille à tous les lecteurs de débrancher leur thermostat : un geste simple qui change la vie.

AUTOPSIE, ÉPISODE 14

Le bruit

J'ai encore changé mon fusil d'épaule, ce qui fait qu'il est revenu à son épaule d'origine, mais ma cible a changé. Maintenant, je le dis tout bas mais je le dis quand même, c'est le bruit qui est dans mon collimateur. Tout le mal vient du bruit. Je ne parle évidemment ni de la chanson du vent, ni des claquettes de la pluie, ni du gazouillis des oiseaux, je parle des bruits d'origine humaine, essentiellement des bruits mécaniques : voitures, camions, motos, trains, avions, marteaux-piqueurs, perceuses, klaxons, sirènes et cent autres encore. Je ne parle pas non plus de la charmante mélodie des voix humaines, des cornemuses ou des vuvuzelas, je parle des bruits «empilés», des bruits excessifs, ceux qu'on appelle les brouhahas, les cacophonies, le chambard, le ramdam, le boucan, le potin, le raffut.

Depuis la révolution industrielle, le bruit n'a cessé de gagner du terrain. Désormais, toutes les zones habitées sont des enfers bruyants.

Et je me souviens à cet instant de mon ami Jacques Barathon, compositeur et chef de chœur thouarsais, la plus fine oreille qu'il m'ait été donné de rencontrer. Il pouvait distinguer quarante voix dans un cluster de trente secondes, c'est-à-dire reproduire à la fin du cluster, avec exactitude, l'intervention de chacun, et chacun, ébahi, validait. Quant à moi, j'avais à peine entendu ma propre contribution noyée dans le tumulte, et Jacques disait : « Toi, François, tu as chanté (ou crié, ou murmuré) ceci : (…) ! » Et c'était exactement ce qui était sorti de ma bouche.

Jacques n'écoutait jamais de disques ni de CD. Il ne voulait pas entendre de la musique « figée ». Il ne fréquentait que les concerts vivants. Un soir, cet homme hors du commun m'a hébergé chez lui dans la campagne vendéenne, une baraque isolée au milieu de nulle part. Après dîner, il m'a emmené au dehors pour écouter le silence : je n'avais jamais entendu et je n'entendrai plus jamais un silence de cette qualité, de cette profondeur, un silence qui surpassait toutes les musiques du monde. Un silence plein, un silence de paix.

Autant dire « une oasis » de silence. Partout ailleurs, on est englué dans le bruit, étourdi par le vacarme, assommé par le tapage. Nous souffrons tous du bruit. Le bruit – quand il ne nous tue pas, ce qu'il fait pourtant « à petit feu » (on dit de certains cancers qu'ils progressent « à bas bruit ») – nous détruit, nous souille, le bruit nous aspire vers le désordre et la décadence.

S'il ne me restait qu'une heure à vivre, je voudrais la passer dans la nuit sur une barque au milieu du lac d'Aiguebelette, en Savoie, et mourir de silence, loin des bruits inutiles.

Puisque je parle de bruits inutiles, je ne peux pas ne pas évoquer les Harley Davidson, ces motos « volontairement » bruyantes, c'est-à-dire conçues pour faire beaucoup de bruit. Un gars qui a dîné à la Bastille et qui rentre en Harley Davidson à deux heures du matin chez lui au Raincy-Villemomble réveille 2 000 personnes.

Il y a deux équations indiscutables dans le domaine des véhicules motorisés. La première s'énonce ainsi : BMW = con. Cela ne signifie pas que tous ceux qui possèdent une moto ou une voiture de la marque BMW soient des cons, même s'ils le sont majoritairement ; cela signifie que 100 % d'entre eux conduisent comme des cons. Ces gens-là pensent que la route leur appartient, et qu'elle n'est pas tant faite pour se déplacer d'un point à un autre que pour accueillir des compétitions de vitesse et des concours de pilotage qui rappellent cruellement les concours de bite des collégiens.

Voilà une bonne chose de dite. Un peu hors sujet il est vrai, mais bien envoyée.

En plein dans le sujet en revanche, la seconde équation s'écrit : Harley Davidson = m'as-tu-vu. « Oui, je t'ai vu, et je t'ai surtout, malheureusement, entendu. »

Anecdote probante : l'autre matin, j'étais dans la chambre verte avec Nina. Une Harley Davidson de gros calibre a rugi dans la rue, Nina a eu très peur et elle s'est réfugiée dans mes bras, pour s'agripper à moi comme un petit koala terrorisé. L'après-midi du même jour, elle a fait une chose stupéfiante. S'exprimant par gestes et monosyllabes – les seuls éléments de langage dont elle dispose – elle m'a entraîné de la cuisine où nous prenions le goûter jusqu'à la chambre verte, et m'a fait comprendre qu'elle voulait rejouer la scène du matin, à savoir : elle se poste près de la fenêtre, je dois faire le bruit de la moto (j'ai un diplôme d'imitation des Harley), et elle court dans mes bras pour s'agripper à moi comme un petit koala terrorisé. Il a fallu rejouer la scène plus de dix fois. Le message était, selon moi : un bon papa, c'est un papa qui protège son enfant du bruit. C'est pour ça que j'en parle, ce n'est pas parce que j'ai été ému aux larmes, ce n'est pas parce que Nina inonde ma vie de bonheur, c'est parce que cette anecdote sert brillamment le sujet de ma quatorzième autopsie.

Bref : tout le mal vient du bruit qui, contrairement au vent d'Autan dont la réputation est usurpée, rend fou.

... (sieste d'une heure sur une barque au milieu du lac du Bourget, en Savoie) ...

Le silence porte conseil. Comme on l'a vu pour le réchauffement climatique, il n'est pas convenable d'incriminer un fléau s'il existe un remède à ce fléau. Pour le réchauffement, le remède n'est pas encore connu, il va l'être « incessamment sous peu », comme on dit. Mais pour le bruit, la solution existe dès aujourd'hui : il suffit de se boucher les oreilles, avec les doigts ou avec du persil. Conséquemment, il apparaît que le bruit est « complice » du Grand Mal, mais il n'est pas le principal responsable.

L'enquête repart à zéro ou, pour être grammaticalement correct, repart « de zéro ».

AUTOPSIE, ÉPISODE 15

Les micro-bouts-rimés

Cette fois, c'est au café-tabac Le Grand Pavois sur le port de Sète que j'en ai eu la révélation : tout le mal vient de l'usage abusif autant qu'intempestif d'expressions toutes faites associant un constat ou une consigne à un prénom qui rime, dont le spécimen le plus répandu actuellement est : « Tranquille, Émile », formule creuse et racoleuse qui devance de peu ses cousines « Cool, Raoul », « À l'aise, Blaise », « Relax, Max », « Tout juste, Auguste », « Tu parles, Charles », « À la tienne, Étienne », « Fonce, Alphonse », « Au hasard, Balthazar », « En selle, Marcel », et, plus rare mais tout aussi oiseux, « Peinard, Bernard ».

À ce consternant florilège, on pourrait ajouter quelques variations décalées, du genre « Roule, Ma poule », « Allons-y, Alonso », « Ci-mer, Albert », « Tranquillou, Bilou », ou « À plus Dans l'bus ».

Toutes ces expressions procèdent d'un désir manifestement irrépressible de rimer, qui en asservit le sens et en abolit la portée. Elles font mine de dire quelque chose, mais elles ne sont qu'automatismes de rimailleurs en perdition.

Car Paul Verlaine avait raison en écrivant :

> Ô qui dira les torts de la Rime !
> Quel enfant sourd ou quel nègre fou
> Nous a forgé ce bijou d'un sou
> Qui sonne creux et faux sous la lime ?

Dans le cas qui nous occupe, la rime accumule les travers jusqu'à appeler les gens par un prénom qui n'est pas le leur, ce qui est assez blessant, et même insultant quand le prénom de substitution est ridicule, comme Raoul ou Alphonse. Pas étonnant ensuite si les interpellés se rebiffent et jettent des œufs pourris sur les forces de l'ordre, qui riposteront logiquement au taser, et c'est l'engrenage de la violence qui débouche sur la décadence la plus effroyable.

... *(Un p'tit roupillon, mon colon)* ...

Tout bien pesé, René, il y a plus grave, Gustave.

AUTOPSIE, ÉPISODE 16

L'ennui

Aussi vrai que l'oisiveté est mère de tous les vices, l'ennui est évidemment père de tous les maux. Et si chacun(e) séparément est nuisible, le couple réuni, Maman oisiveté et Papa ennui, est encore plus diabolique. Ce n'est pas un couple permanent, car on peut tout à fait être oisif sans s'ennuyer : c'est, tout droit venu des Pays-Bas, le *Niksen*, ou « art de ne rien faire », chanté par l'écrivaine Catherine Laroze dans *L'art de ne rien faire : la reconquête de soi-même* (Éd. Aubanel), ou fredonné, avec quelques nuances subtiles, par l'immense Denis Grozdanovitch dans *L'Art difficile de ne presque rien faire* (Denoël), ou encore immortalisé par la célèbre réplique du *Galatée* des dramaturges Jules Barbier (1825-1901) et Michel Carré (1821-1872) : « Ah ! qu'il est doux de ne rien faire quand tout s'agite autour de nous. »

Symétriquement, on peut s'ennuyer sans être oisif : c'est le lot, dans la France d'aujourd'hui, de la majorité des actifs, qui effectuent des travaux répétitifs et mécaniques, lesquels, en plus d'être mal payés, ne laissent aucune place à l'initiative ni au changement.

Mais lorsque le mariage est scellé, lorsque l'oisiveté, essentiellement générée par un déficit structurel d'emplois, convole avec l'ennui, essentiellement généré par une misère culturelle croissante, alors la décadence est à nos portes, côté intérieur (c'est-à-dire qu'elle a déjà passé le seuil de la porte).

Tout comme l'alcool (voir autopsie 10), l'ennui est un poison insidieux. Il nous pénètre sans bruit, avec une feinte douceur, et il s'installe en nous, discrètement au début, puis plus envahissant au fil du temps, jusqu'au jour où, tel un gaz, délétère ou mortel, il occupe tout le volume disponible. La victime passe insensiblement de « Y a pas grand-chose qui m'intéresse » à « Tout me fait chier », ou, dit plus grossièrement pour bien marquer la gravité du problème, de « Je m'en branle » à « Allez tous vous faire foutre ».

« Ontologiquement, l'ennui est l'archétype du désespoir civilisationnel ». (cette phrase n'a aucun sens, elle n'est là que pour contrebalancer, au bénéfice des yeux chastes, la trivialité de la ligne supérieure).

À présent, en remontant un cran plus haut dans l'enquête, on devrait pouvoir épingler le coupable… de l'ennui.

Là, deux écoles.

Celle d'un monsieur dont le nom aurait autrefois fait glousser stupidement Philippe Bouvard et ses

Grosses Têtes : Antoine Houdar de la Motte, qui, dans ses *Fables nouvelles*, écrit avec une clairvoyance qui le dispute à la profondeur d'analyse : « Donnez le même esprit aux hommes, vous ôtez tout le sel de la société. L'ennui naquit un jour de l'uniformité. »

C'est le nivellement par le bas du degré de culture et d'instruction qui induit l'uniformité, et c'est l'uniformité qui fait naître l'ennui. La balle est donc dans le camp du ministère de l'Éducation nationale.

La deuxième école incrimine les écrans, télévisions, ordinateurs, et smartphones confondus, ces écrans qui tiennent lieu d'unique lien social aux trois quarts de la population. Autrefois, en effet, c'est-à-dire avant 1945, le principal antidote de l'ennui s'appelait « les autres ». Les gens se parlaient, et même s'ils ne se disaient alors rien de bien intéressant, du moins ils ne s'ennuyaient pas. Désormais, le peuple a délaissé ses interlocuteurs en 3D pour des avatars en 2D, éliminant ainsi l'aspect dialectique de la Vie et ouvrant grand la porte à l'ineffable ennui.

En toute hypothèse, Julien Green ne s'est pas davantage trompé que Verlaine au moment d'écrire dans son journal : « L'ennui est un des visages de la mort. »

D'où vient le mal ?

... (écoute studieuse, en position debout pour éviter l'assoupissement, de l'intégrale du chanteur Étienne Daho) ...

Je laisse le mot de la fin de ce chapitre à José Bergamín Gutiérrez, écrivain, poète, dramaturge, scénariste et intellectuel espagnol, né à Madrid le 30 décembre 1895 et mort à Saint-Sébastien le 28 août 1983, qui a dit : « L'ennui de l'huître produit les perles. »

Je retourne au front.

AUTOPSIE, ÉPISODE 17

Moi

Déjà seize séances d'autopsie à mon actif, et résultat ? Peau de balle et balai de crin.

Je suis bredouille à la puissance seize, et cela commence à m'agacer. Je perds patience, je suis de plus en plus irascible, je suis à deux doigts d'aller jeter des œufs pourris sur les forces de l'ordre, au cas où elles interviendraient dans un périmètre de 50 pieds autour de chez moi.

Mais alors ? Et si tout le mal venait, tout bêtement, de moi ? Si c'était ma nature austère, caustique, et intransigeante, qui mettait le feu aux poudres, et, par un effet boule de neige, contaminait tout le corps social au point de le pousser au précipice ? Voilà des années qu'on me dit partout que je suis un génie, mais un génie de quoi ? Ne serais-je pas, *horresco referens*, le génie du Mal ?

Je profite de cette effrayante interrogation pour m'excuser auprès des conducteurs de BMW. Dans le feu de l'action, mes mots tout à l'heure ont dépassé ma pensée, et, s'ils ont pu blesser, encore une fois je m'en excuse. Je ne retire pas mon équation, ce serait trop me demander, mais j'accepte d'imaginer qu'il puisse y avoir quelques conducteurs qui font exception à la règle. Personnellement, je n'en ai jamais rencontré, mais cela ne prouve pas formellement qu'ils n'existent pas.

P.-S. : Concernant les propriétaires de Harley, je n'ai rien à ajouter.

... *(sieste automatiquement coûteuse sur le divan de mon psychanalyste. Quarante minutes, 160 euros.)* ...

L'hypothèse ci-dessus ne tient pas la route. Il serait prétentieux et mégalomaniaque d'imaginer qu'à moi tout seul, moi petit Français bien rangé, propre sur lui, qui paye ses impôts, qui aime sa femme et ses enfants, et qui ne jette sur les forces de l'ordre que des œufs frais, qu'à moi tout seul je concentre l'essence du Mal universel.

Je ne suis pas un saint, tant s'en faut, mais je me pique d'avoir fait plus contre la barbarie que pour elle. Le mal vient d'ailleurs.

Mais s'il est certain que *L'Origine du monde* est de Courbet, l'origine du mal reste anonyme. Pour le moment. Car l'évocation des cons au volant vient de m'ouvrir les yeux.

AUTOPSIE, ÉPISODE 18

L'automobile

Un chercheur du Cern (Conseil européen pour la recherche nucléaire) m'a raconté un jour à Ferney-Voltaire une histoire controuvée plutôt édifiante.

L'histoire d'un jeune inventeur qui s'en vient un jour proposer son invention à un gros industriel japonais.

« Monsieur le gros industriel, lui dit-il en japonais, j'ai déposé un brevet pour une invention absolument révolutionnaire, susceptible de changer radicalement la vie des gens, une invention qui constituera un progrès littéralement historique, et je viens vous proposer, à vous qui êtes puissant et sympathique, de mettre en œuvre cette invention. »

Cette proposition hardie pique la curiosité du gros industriel, qui s'enquiert auprès du jeune inventeur de l'investissement à prévoir pour un tel projet… et s'entend répondre que cet investissement serait, somme toute, au regard de ses autres activités, assez modeste.

Le magnat est joueur : « Allez, s'exclame-t-il, je prends le risque. Montrez-moi ce brevet ! »

« Je dois vous dire une dernière chose », temporise le jeune homme. « Il faudra accepter, en contrepartie de ce progrès, un peu plus d'un million de morts chaque année. »

« À l'échelle planétaire, ça nous fait 0,06 % de pertes, c'est acceptable, répond le nabab nippon. Banco ! »

Ainsi naquit l'automobile.

Tout est faux, dans cette histoire, à part les chiffres. L'automobile fait en effet, depuis la vingtième année de son existence, 1,3 million de morts et 50 millions de blessés par an à travers le monde. Mais cela ne semble pas décourager ses adorateurs, qui ne se rendent manifestement pas compte que tout le mal vient de l'automobile. C'est un objet coûteux et dangereux, qui génère de terribles nuisances sonores, olfactives, et visuelles, assourdissant, empuantissant, et enlaidissant les villes et les campagnes. Son usage, comme il a été avancé plus haut au cours d'une polémique sur laquelle j'ai l'élégance de ne pas revenir, son usage et *a fortiori* sa possession, rend con. Des millions d'hommes se ruinent, se battent, se damnent, ou meurent, pour ce tas de ferraille et de plastique qui pue et qui trouble la sieste. Quelle autre image peut-on diable se faire de la décadence ?

L'automobile

... (sieste interrompue par le bruit de la voiture de ma femme qui rentre de son séminaire très juteux à Bourges, Cher, et ne jouons pas sur les mots) ...

Ma femme déteste le train. Sans sa Clio, elle ne serait jamais allée à Bourges, et n'aurait jamais rapporté les 4 800 euros qui nous seront bien utiles pour réparer la toiture.

Comme quoi, la voiture, on dira ce qu'on voudra, ça évite quand même de vivre dans une mare d'eau de pluie. Quelle autre idée peut-on diable se faire d'une réhabilitation ?

AUTOPSIE, ÉPISODE 19

Les pédés

Tout le mal vient des homosexuels. La raison en est simplissime : ces gens-là, du fait même de leurs mœurs, entraînent une baisse de la natalité, et une société qui ne fait plus d'enfants est une société en déclin.

Cette réalité est, de toute évidence, le fondement naturel de l'homophobie. Quand un Français très en colère crie « vous me dégoûtez, bande de pédés », il sous-entend bien sûr : « … parce que vous ne participez pas activement au repeuplement de la France ». Quand un groupe de braves citoyens, armés de gourdins, font ce qu'ils appellent « la chasse aux fiottes », ce n'est pas, comme on pourrait le croire, en raison d'une haine viscérale de tout ce qui ne leur ressemble pas, c'est seulement pour tenter de convaincre les homosexuels de faire des enfants pour la patrie.

Supprimons physiquement tous les homosexuels (soit en leur coupant la tête place de la Concorde, soit en les enfermant au bagne de Tataouine qu'on aura rouvert pour l'occasion) et l'Europe repartira du bon pied.

... (courte pause au cours de laquelle j'ai mis un peu d'ordre dans ma messagerie téléphonique) ...

Je me rends compte au cours des susdites manipulations qu'une majorité de mes ami(e)s les plus intimes et les plus cher-ère-s sont homosexuel-le-s. De même que j'ai renoncé à incriminer l'échelle pour ne pas nuire à Pierrot Champagnole (épisode 9 de l'autopsie), de même je renonce à incriminer les homosexuels pour éviter, premièrement de devoir faire le déplacement à Tataouine pour voir mes amis, deuxièmement pour ne pas risquer d'être désigné comme leur complice et finir mes jours au bagne de Saint-Laurent-du-Maroni en Guyane qu'on aura rouvert pour désengorger Tataouine et Poulo Condor.

AUTOPSIE, ÉPISODE 20

La science

Tout le mal vient de la science.

... *(sieste)* ...

Erreur. Faute d'étourderie. Tout le BIEN vient de la science.

AUTOPSIE, ÉPISODE 21

La malbouffe

Il n'est pas jusqu'au néologisme qui la désigne qui ne soit repoussant.

Je parle là de la malbouffe de seconde génération, car, si mes renseignements sont bons, et ils peuvent ne pas l'être puisque je n'ai conduit aucune vérification, le mot « malbouffe » a été créé dans les années cinquante pour désigner une alimentation qui soit grosso modo le contraire de « gastronomique ». Ce n'est que vers 1970 que le mot a pris le sens d'une alimentation « malsaine », contraire à l'hygiène et à la diététique – une acception descendant de la « *junk food* » américaine, qui parle carrément d'une nourriture constituée de déchets, d'ordures, de saloperies.

La malbouffe des *fifties* évoquait un repas raté, une cantine bas de gamme, un cuisinier nul. Celle des *seventies* dénonce des habitudes alimentaires délétères, une consommation quotidienne et permanente d'aliments nuisibles à la santé. Ce sont les jambons nitrités et polyphosphatés balancés avec mépris par le regretté Jean-Pierre Coffe, les hamburgers ou pizzas industriels, les infâmes nuggets et leurs déplorables frites, les plats préparés industriellement, qu'ils soient « frais » ou congelés, le pain à la farine blanche, les biscuits et les sodas, et plus généralement tous les aliments à teneur excessive en sel, graisses, et sucres.

Il est quasiment impossible de résister à l'invasion des produits phares de la malbouffe, d'une part parce qu'ils sont moins chers et que l'écrasante majorité des consommateurs n'a pas les moyens de se nourrir sainement au prix fort, d'autre part parce qu'ils sont plus « flatteurs », plus réconfortants, et activent donc davantage les récepteurs à dopamine, molécule du plaisir évoquée au chapitre 13.

La lutte contre la malbouffe est un combat perdu d'avance. Or il ne fait de doute pour personne que la malbouffe, affectant la santé des individus, affecte par ricochet leur humeur et, dégradant leur humeur, les rend incapables de bien vivre ensemble, donc sociologiquement décadents.

Oui, « clairement », comme disent les créatifs de pub jacassant au Café de Flore, clairement, c'est de la malbouffe que vient tout le mal, et on ne peut même pas lui reprocher d'avancer masquée, puisqu'elle se nomme MAL-bouffe.

Ajoutons que la malbouffe est réputée responsable d'une grande partie des cancers et des maladies cardiovasculaires : elle tue des gens, voilà qui fait naturellement de la peine à leurs proches, et ces derniers descendent logiquement dans la rue avec un fusil à œufs pourris pour tirer tous azimuts.

La malbouffe

... (pause déjeuner : carottes bio râpées à l'huile de noix vierge, courgettes vapeur, soupe de fraises au miel de montagne) ...

Bon sang de bois ! (formulation édulcorée et laïcisée du blasphématoire « bon sang de Dieu »). Bon sang de bois, voici que je me retrouve, une nouvelle fois, comme pour l'échelle et les homosexuels, empêtré dans mes contradictions. Comment en effet puis-je assumer simultanément d'incriminer la malbouffe et les produits alimentaires industriels, et d'être un adorateur inconditionnel du plus emblématique d'entre eux : l'arôme Maggi. Inventé en 1886 par le Suisse Julius Maggi, cet arôme miraculeux s'offre à nous dans sa légendaire bouteille de 250 g, si élégante et si sexy, pour ne pas dire phallique, avec son col noir comme l'arôme qu'elle contient et son joli bouchon verseur rouge vif. « Utilisez simplement quelques gouttes d'Arôme Maggi, nous suggère la notice, pour sublimer vos pâtes, riz, œufs, soupes, vinaigrettes, légumes, nouilles asiatiques, woks... » Avec cette précision qui résonne comme une mise en garde voilée : « Inutile de saler. » Cette potion magique, je l'ai découverte dans les années quatre-vingt au café-théâtre le Movies, situé rue Michel le Comte dans le IIIe arrondissement de Paris, un établissement dirigé par le généreux Richard Kalfa qui tenait table ouverte pour les artistes désargentés, et leur faisait déguster une salade de laitue addictive en raison de sa mystérieuse sapidité. Dès la première salade, j'ai su que Richard avait un secret et je lui ai demandé de me le livrer. Il a refusé tout net. J'ai réitéré ma demande tous les trimestres, appuyant mes supplications de force ronds de jambe et salamalecs, et il a fallu six ans – six ans, vous avez bien lu – pour que l'oiseau lâche enfin le morceau : « Je mets dans la sauce une giclée d'arôme Maggi. » Depuis cette révélation, je mets de l'arôme Maggi dans à peu près tout ce qui se mange et qui se boit.

Mais, et c'est là que le bât blesse, je ne peux pas feindre d'ignorer la composition du produit, réglementairement inscrite sur la bouteille : « Arômes (protéines de blé), eau, sel, exhausteurs de goût : glutamate monosodique, inosinate disodique ; sucre. » Autrement dit, du sel, du sucre, et d'improbables produits chimiques… tout ce que les contempteurs de la malbouffe nous conseillent précisément d'éviter comme la peste.

Pour qui prétendrait à un diplôme de saine nutrition, l'arôme Maggi constitue de toute évidence la faute éliminatoire, la mouche dans le lait. (Parenthèse préhistorique : il est très surprenant que l'expression « une mouche dans le lait » continue de désigner un accident fâcheux, une anomalie regrettable, une faute de goût équivalente au cheveu sur la soupe, alors même que c'est une mouche dans le lait qui, il y a 5 500 ans, a donné naissance aux ferments lactiques qui nous permettent de fabriquer tous nos fromages et yaourts. C'est une drosophile, également appelée mouche du vinaigre, qui est tombée, peut-être par accident, et pourquoi pas volontairement, dans un seau de lait. Elle y est morte, mais, selon le site américain « Current Biology », « la levure qu'elle portait, appelée *K. lactis*, a survécu dans le lait et s'est reproduite avec son cousin, *Kluyveromyces marxianus*, qui proliférait déjà dans le lait», donnant naissance, comme je le disais, aux ferments lactiques que l'humanité a soigneusement conservés jusqu'aujourd'hui, et qui rendent possible le Saint-Nectaire, le Livarot, le Maroilles, et la fourme de Montbrison mentionnée à l'épisode 10.

La «mouche dans le lait» n'est donc pas, n'en déplaise à Michel Audiard, un accident malencontreux, mais un événement providentiel (je me réfère ici à la fameuse nuance du latin entre *accidit*, qui introduit un événement fâcheux, et *evenit*, qui introduit un événement neutre) qui a changé la face du monde bien avant que l'automobile, voir à l'épisode 18, ne la rechange. L'erreur d'interprétation vient probablement de l'injuste mauvaise réputation dont pâtissent les mouches, et particulièrement la drosophile, qu'il est pourtant très amusant d'attraper en plaçant sa main devant l'animal, incapable de décoller en marche arrière, pour livrer ensuite l'héroïque prise à la tégénaire qui végète dans le garage et que l'on peinerait à nourrir avec de l'arôme Maggi.

Au finale, comme disent les adolescents (la tournure n'est pas fautive, pourvu qu'on ait soin de mettre un *e* à finale, comme il est d'usage en musique), je n'ai pas le droit d'incriminer la malbouffe et de lui mettre tout le mal sur le dos si je ne renonce pas toutes affaires cessantes à l'arôme Maggi, et à cet égard ma réaction est franche et sobre : plutôt crever la gueule ouverte !

AUTOPSIE, ÉPISODE 22

Les tatouages

Débarrassons-nous avant tout de cette blague irrésistible mais malheureusement hors sujet : un défenseur des animaux méfiant demande à un agriculteur berrichon accompagné d'un épagneul breton : « Il est tatoué, ce chien ? » Et l'homme de répondre avec son accent si cocassement désuet : « Un peu, qu'il est à moué ! »

L'histoire fonctionne aussi bien avec un épagneul picard, mais elle reste hors sujet. Car ce sont les tatouages (mot issu de l'antique *tatau* polynésien) qui nous intéressent ici, pour leur part de responsabilité dans l'incontestable décadence de nos sociétés opulentes.

Revenons un peu en arrière, au risque de nous égarer, dépourvus du fil de laine et d'Ariane (saluez le rezeugme), dans les dédales de la préhistoire. De tout temps, du moins depuis le jour lointain où il a décidé de diverger du singe, l'homme s'est amusé avec son propre corps, et je laisse ici de côté les pratiques onanistes. Il s'est amusé avec sa pilosité, modelant ses cheveux, taillant sa barbe, entretenant ou rasant les poils de ses jambes ou de son torse. Il s'est amusé avec sa peau : ce sont les ancestrales et toujours vivaces peintures tribales. Il s'est amusé à se percer les oreilles ou la cloison nasale pour y installer des bâtonnets ou des anneaux, pour des motifs esthétiques, ou comme signe de reconnaissance, ou pour honorer des croyances et des superstitions.

Mais toutes ces manipulations, à l'exception notoire de l'horrible m'berpot des Zo'é, des lobes étirés des Dayaks de Bornéo et de l'épouvantable labret qui déforme le visage des Mursis d'Éthiopie, des Saras du Tchad, des Tlingits d'Alaska, des Kayapos d'Amazonie, des Vamés du Cameroun et des Makondé de Tanzanie… toutes ces manipulations corporelles étaient réversibles. Les décalcomanies de mon enfance s'effaçaient dans l'eau du bain. Tout allait pour le mieux dans le meilleur des mondes quand apparut un jour le tatouage indélébile. Le premier client connu est Ötzi, né il y a 5 300 ans, mais ses tatouages avaient probablement un but curatif. De nombreuses peuplades ont ensuite pratiqué le tatouage rituel, à visée religieuse. Et chez nous, puisqu'après tout c'est là notre objet d'étude, chez nous la pratique du tatouage existait de longue date, à dose raisonnable, avant d'exploser dans les années soixante-dix, annonçant et accélérant la décadence dont je cherche depuis plus de 100 pages le ou les responsables.

En 1981, année de la victoire de la Gauche, la France comptait 80 salons de tatouage. Elle en recense plus de 5 000 aujourd'hui. Dans le même laps de temps, on est passé d'un Français tatoué sur 2 000 à un Français tatoué sur 5, depuis le petit dauphin stylisé en bas du dos jusqu'au corps intégralement recouvert de motifs psychédéliques, les deux étant également indélébiles.

Je suis, le lecteur perspicace l'aura deviné, un ennemi juré du tatouage, que je trouve, dans plus de 77 % des cas, laid et ridicule. Nombre d'hommes et de femmes portent, gravés dans leur chair, les prénoms de leurs compagnes et compagnons successifs, comme une série d'encoches sur la crosse du pistolet des tueurs à gages. Les convertis ne peuvent pas se débarrasser de la marque à l'encre rouge de leur ancienne religion.

Les gens ont commencé à se tatouer pour se reconnaître entre eux vu qu'ils ne se parlaient plus, et désormais les gens ne se parlent plus puisqu'ils se reconnaissent entre eux à leurs tatouages. Un jour ils ne se parlent plus, le lendemain ils ne se comprennent plus, le surlendemain ils se détestent, le jour d'après ils s'entre-tuent, et boum : c'est la décadence.

… *(sieste entrecoupée de vomissements spasmodiques à la pensée des pratiques barbares évoquées ci-dessus. Mais sieste quand même.)* …

Ce 22e épisode de l'autopsie n'est pas une réussite. J'y ai fait montre de basse intolérance et tenté d'imposer une vision du monde autocentrée à la limite du réactionnaire. De surcroît, j'ai parlé sur un ton définitif d'un phénomène que je connais très mal, j'ai jeté pêle-mêle des chiffres fantaisistes, et asséné avec un aplomb grossier des considérations historiques ou civilisationnelles hasardeuses. J'ai honte. Une si piètre analyse pour un si grand sujet. J'appelle de ce pas le tatoueur de mon quartier pour lui demander de me tatouer le mot « charlot » sur le front, en espérant que cette inscription sera perçue plus comme un hommage à Chaplin que comme une résipiscence.

AUTOPSIE, ÉPISODE 23

Le téléphone mobile

Il n'est évidemment pas question de jeter le moindre discrédit sur le bon vieux téléphone, celui dont l'allemand Philippe Reis, l'italien Antonio Meucci, l'américain Elisha Gray et l'autre américain Alexander Graham Bell se disputent la paternité. Cette invention de la fin du XIXe siècle a fait beaucoup de bien à l'humanité, et j'ai la nostalgie du téléphone à manivelle qu'utilisait mon père pour appeler le sien à Nancy une fois par mois, pas plus pour ne pas se ruiner. Il tournait la manivelle, il demandait à l'opératrice le 624 à Nancy, il raccrochait; quelques minutes plus tard l'opératrice le rappelait (le téléphone faisait « dring » à l'époque) pour lui annoncer « Nancy dans deux heures », il attendait deux heures, et le tour était joué.

J'ai la nostalgie aussi des téléphones de mon adolescence, ces gros objets noirs en bakélite, avec le cadran rotatif, avec le fameux « combiné » que l'on décrochait et que l'on raccrochait, et le petit écouteur d'appoint qui servait d'espion à ma grande sœur. (Parenthèse francophone : voilà bientôt vingt ans que l'on ne décroche ni ne raccroche plus rien en matière de téléphonie, et pourtant ce sont toujours ces deux verbes qui font autorité. On continue de dire « Ça sonne mais elle ne décroche pas ! » ou « Vas-y, toi, raccroche d'abord », alors que l'usager ne fait qu'appuyer mollement sur un clavier tactile. Il est urgent d'inventer un mot, ou deux, pour désigner le fait d'entreprendre une liaison téléphonique ou d'y mettre fin, que l'on soit l'appelant ou l'appelé. Il faut un ou deux néologismes malins. Si on attend l'Académie française, on ne sera servis que longtemps après la disparition de la téléphonie et son remplacement par un système de puces électroniques sous-cutanées, dans une vingtaine d'années. Toutes les suggestions sont donc bienvenues, je les attends à l'adresse postale de l'éditeur de ce livre.)

Je me souviens aussi du 16 pour la province et du 19 pour l'international, je me souviens, encore plus loin, que mon grand-père maternel qui habitait 18, rue Armand Moisant dans le XIVe arrondissement de Paris était joignable à SÉGUR 47 97, je me souviens du numéro de mes parents à Ville-d'Avray, 926 69 63, je me souviens des centraux téléphoniques parisiens et des indicatifs littéraux aux noms si parlants, JASMIN, ODÉON (84 00 pour l'horloge parlante), BALZAC (00 01 pour Jean Mineur Publicité), MAILLOT (38 37 pour Frank Alamo), KLÉBER, BOTZARIS, AUTEUIL, MARCADET (18 19 pour appeler Bourvil dans *Le Corniaud*), PASSY, ÉLYSÉES, WAGRAM, et surtout TAITBOUT, qui permettait à Josette, la marraine de ma défunte petite sœur Hélène, d'appeler à chaque nuit du nouvel an un numéro dépendant de ce central, pour obtenir l'hilarant dialogue suivant :

« Allô ? TAITBOUT 43 17 ?
— Oui !
— TAITBOUT ? Alors va te coucher ! »

Je me souviens, dans plusieurs établissements publics, dont le lycée Hoche de Versailles, des postes téléphoniques relais, volontairement dépourvus de cadran pour empêcher qu'on s'en serve, mais que nous parvenions à « braquer » en tapant sur le reposoir du combiné des impulsions très rapprochées correspondant aux chiffres à composer.

Je me souviens des appels en PCV (Paiement contre vérification) qui permettaient d'appeler ses parents à leur charge, et de l'équivalent anglais RVC (*Reverse Charge Call*) qui permettait de les appeler depuis l'Angleterre.

Tout cela, c'était le bon vieux temps, l'époque où un coup de téléphone, d'où qu'il vienne et où qu'il aille, était toujours, compte tenu de sa rareté, un événement.

Et puis, à cause de Martin Cooper me semble-t-il, est arrivé le smartphone, le petit boîtier à tout faire qui accompagne désormais en permanence plus de 95 % de la population.

C'est lui qui est cause de tout le mal.

C'est à cause de lui que toute ponctualité s'est perdue, puisqu'il suffit au retardataire, pour se faire pardonner à bon compte, d'envoyer à son rendez-vous un SMS annonçant ses trente minutes de retard.

C'est à cause de lui que tant de couples volent en éclats, puisque ce satané boîtier conserve bêtement tous les secrets d'une personne, auxquels une simple ruse de balayeur permet à un(e) conjoint(e) d'accéder.

C'est lui qui crée, après la «présence» et l'«absence», une troisième et trompeuse instance de l'être-au-monde : le «lien téléphonique», aussi illusoire qu'il est immatériel. Je ne suis ni présent auprès de toi, ni absent, je suis en lien téléphonique avec toi. De la sorte, je cumule les inconvénients de la présence et ceux de l'absence. Tu n'es ni accompagné, ni libre : tu es «en lien téléphonique» avec moi, à raison d'un appel de fréquence variable allant dans les cas graves jusqu'à douze occurrences par heure.

C'est à cause de lui que les gens ne se parlent plus, ne se regardent plus dans les transports en commun ni dans les ascenseurs, à cause de lui que des amoureux dînent en «tête-basse-à-tête-basse» sans même regarder ce qu'ils mangent.

C'est à cause de lui que les jeunes et les futures générations ne savent plus se repérer nulle part, puisqu'elles se fient partout au GPS de leur smartphone. Lequel, par sa mémoire illimitée, les dispense de connaître par cœur jusqu'au numéro de téléphone de leur propre mère ou fils. Le smartphone fabrique des générations d'assistés, des malheureux qui, ayant délégué à leur appareil les fonctions mémoire et orientation, sont totalement démunis et perdus lorsque leur appareil-béquille vient à disparaître, pour cause de vol, d'oubli, de perte, de panne technique, ou même de batterie épuisée, ce qui fait beaucoup d'occasions d'être désemparé.

C'est à cause de ce maudit machin et de ses capacités photographiques extraordinaires que des millions de jeunes ne peuvent plus rien manger, plus rien voir, sans le prendre en photo, ni croiser n'importe quel idiot vaguement connu (dans mon genre) sans lui demander un selfie.

C'est à cause de cette cochonnerie qu'on n'est plus jamais tranquille dans le train, puisqu'il y a toujours un con(-ducteur de BMW ?) qui, malgré l'interdiction, laisse sonner son appareil et fait profiter toute la voiture de sa conversation avec son garagiste ou sa maîtresse.

Oui, c'est à cause (saluez la résolution de l'anaphore) du téléphone mobile que le monde court à sa perte.

P.-S. : Les choses ne feront qu'empirer, puisque ma petite Nina, à 18 mois, est déjà, malgré les précautions prises par ses parents, obsédée par le téléphone : elle dit « allô » en se collant à l'oreille une carte à jouer, un cube, une cuiller à soupe, une boîte de Tic Tac, un tube de crème solaire… n'importe quel objet qui ressemble – ou qui ne ressemble pas – au smartphone de son papa. C'est proprement effrayant.

D'où vient le mal ?

... (sieste simultanée avec Nina et sans smartphone) ...

Analyse critique de l'autopsie 23.

1) Il n'est pas si désagréable ni finalement si absurde de téléphoner en se collant à l'oreille une boîte de sardines. Le contact du métal est rafraîchissant, on ne risque pas d'être contredit, et on jouit du légendaire silence de la mer.

2) Il faut reconnaître quelques avantages au smartphone. Il permet à toute personne en difficulté ou en péril d'appeler au secours la police, les pompiers, les gendarmes, le Samu, ou sa mère. Il permet aux parents inquiets de rester en contact avec leurs enfants mineurs en voyage au Nicaragua. Il permet, par sa traçabilité et sa mémoire, d'élucider bien des affaires et de confondre bien des criminels. Il permet, en cas de panne, d'appeler la dépanneuse. Il permet même d'appeler la dépanneuse en l'absence de panne et pour le plaisir. Il permet, à la moindre question sans réponse, d'obtenir, même depuis le fin fond de la forêt de Tronçais ou les bas-fonds des faubourgs de Londres, l'aide des moteurs de recherche. Il permet (et voici ce que j'appelle – improprement, j'en suis conscient – la résolution de l'anaphore) des tas de choses que d'autres choses ne permettent pas.

3) Il ressort du 1) et du 2) que le bilan du téléphone mobile est, selon la formule de Georges Marchais en 1979, « globalement positif ». Ses avantages compensent, et même au-delà, ses inconvénients, et il ne peut

décemment pas être tenu pour responsable principal de la débâcle. Cela ne l'exonère pas pour autant de toute espèce de responsabilité, et il ne sera pas inutile d'exercer à son encontre une surveillance au besoin tatillonne, mais il n'est pas le coupable que nous cherchons et que nous comptons bien identifier au cours de l'épisode 24 de notre autopsie.

AUTOPSIE, ÉPISODE 24

Les canards

Je sais, en commençant ce chapitre, que je me dirige à pas décidés vers un nouvel échec : il n'est pas plausible une demie seconde que ces innocents volatiles soient la cause du Grand Mal.

Pourquoi, dès lors, m'acharner ?

« Mais je ne m'acharne pas, Monsieur le Directeur ! J'ai du reste, vous l'avez bien lu, mis d'emblée les canards hors de cause. Je ne m'acharne pas, je vais seulement au bout de l'idée qui m'a, il y a un instant, traversé la tête de part en part, idée qui découlait d'une réminiscence subite des mots prononcés le 14 octobre 1973 par Adolphe Chauvin, sénateur maire de Pontoise et président du SAN, Syndicat d'agglomération de la ville nouvelle de Cergy Pontoise. (J'étais pour ma part à la fois étudiant à l'ESSEC et rédacteur en chef adjoint de l'hebdomadaire local *L'Écho de Cergy Pontoise*, c'est la raison pour laquelle je « couvrais » les séances du SAN.) Adolphe Chauvin était visé par un certain nombre de rumeurs, qu'il jugeait quant à lui sans fondement, et il avait dit, en ouverture de la séance : « Je voudrais couper les ailes à un certain nombre de canards », ce qui signifiait qu'il souhaitait rétablir la vérité… ou tout du moins la sienne. Et moi, je m'en souviens comme si c'était hier, moi, tout en comprenant parfaitement le sens de sa phrase, je n'avais pu dissiper l'image surgissante de ce notable coupant effectivement les ailes d'un certain nombre de vrais canards. La presque infinie variété des espèces de canard m'avait alors donné le tournis, j'avais pensé à leurs noms si joliment musicaux – et pourtant les canards ne sont pas les bienvenus en musique ! –, j'avais vu tournoyer des sarcelles d'hiver et des sarcelles d'été, vu danser un quadrille composé d'un pilet, un mandarin, un eider et un carolin, entendu trompeter des souchets, des harles bièvres et des harles huppés, écouté converser un chipeau, un colvert, une nette rousse et un tadorne, j'avais assisté à une confrontation plutôt amicale entre un fuligule milouin, un fuligule morillon et un fuligule nyroca, je m'étais efforcé de les distinguer les uns des autres, et puis il m'avait fallu, tandis qu'Adolphe Chauvin tempêtait toujours, distinguer la bernache cravant de la bernache nonette, discerner le grèbe huppé du grèbe castagneux, et puis, enfin et surtout, trier les plongeons, je n'en connaissais alors que trois, le plongeon arctique, le plongeon à bec blanc, et le plongeon imbrin (appelé plongeon huard au Canada), et ce n'est que trente ans plus tard que je devais, sous la conduite du beau Gaby dans les montagnes islandaises, découvrir le plongeon catmarin, reconnaissable à son bec qui s'incurve légèrement vers le haut. Je ne m'acharne pas, vous le voyez bien, Monsieur le Président, j'aime les canards, qu'ils soient à l'orange, à la pékinoise, ou mieux encore, vivants, je ne fais de procès à personne, je crois en réalité que j'avais surtout besoin d'une pause avant d'attaquer la vingt-cinquième autopsie.

— Gardes, emmenez cet homme, c'est un forcené.

— Ah d'accord ! Je vois le genre ! On ne peut plus rien dire ! Eh bien je me tais, mais qu'on me fournisse au moins un divan, que je sieste un peu ! »

AUTOPSIE, ÉPISODE 25

L'immigration

J'avais une fois encore cédé au découragement. En d'autres termes, j'avais rescellé *D'où vient le mal?* dans le tiroir de l'épisode 13, et remis en chantier le prometteur *31 idées originales pour déguster le jambon.* Ce second renoncement m'avait naturellement conduit à faire le tour des bistrots de mon quartier, qui sont, comme chacun le sait, des lieux de référence pour la dégustation du jambon. Et voilà qu'au comptoir du Bar des Amis de la rue Pierre Brossolette, un jeune peintre en bâtiment s'exclame :

« Tout le mal vient de l'immigration !
— Je dirais même plus, renchérit le barman portugais, tout le mal vient des immigrés ! »

Ces propos catégoriques me convainquent de mettre en pause la problématique des 31 dégustations originales et de reprendre le problème là où je l'avais laissé, c'est-à-dire dans le tiroir dégoulinant de ciment.

Inutile de se voiler la face : l'immigration pose un problème en France, un problème dans lequel il est malheureusement très difficile de faire la part du réel et la part du fantasme.

Il apparaît clairement que l'immigration est « objectivement » une question parfaitement gérable, mais qu'elle est « subjectivement » une calamité supposément insurmontable. Et, inévitablement, regrettablement, dans le monde hypermédiatisé des réseaux sociaux, le « ressenti » parle généralement plus fort que la réalité, laquelle réalité se situe vraisemblablement (que d'adverbes dans ce passage ! L'avalanche d'adverbes, qui paradoxalement obscurcit le propos, est un défaut que personnellement je nomme, lorsque incidemment je le détecte chez des confrères, l'« adverbiage ») quelque part entre la radicalité alarmiste de la vieille droite et l'aveuglement clientéliste de la gauche disloquée.

Forcément ! Évidemment ! Indubitablement !

Ces nuances nécessaires ne font pas mon affaire : je veux (mon éditeur, surtout, veut...) le coupable, et pas le lampiste. C'est donc une nouvelle fois en sautant la sieste aussi amèrement qu'on saute un repas que je dois repartir en campagne. Avec un ajustement : puisque ce vingt-cinquième épisode autopsique a tourné en eau de boudin, j'amende en conséquence le système de numérotation des épisodes. Oui, oui, je me comprends...

AUTOPSIE, ÉPISODE 25 BIS

Les religions

Étant donné que je me suis lamentablement enlisé dans la question de l'immigration au chapitre précédent, ce n'est vraiment pas bien malin de ma part de repartir sur les religions, sujet encore plus *touchy* qui va selon toute vraisemblance aggraver mon enlisement. Je sens le truc : dans l'espoir de sortir de l'ornière, je vais passer la première, je vais faire rugir le moteur, les roues vont tourner dans le vide, les pneus vont chauffer, la gadoue va fumer, je vais insister comme un imbécile, je vais enfoncer la bagnole dix centimètres plus profond, il faudra qu'un paysan passe avec son tracteur pour me sortir de là, et en plus il faudra que je remercie le bonhomme avec un petit billet de 50.

Et pas moyen de revenir en arrière, le mot est lâché : « religion » ! Alors, que voulez-vous, *allez jacter à l'est*, comme disait Pompée.

Il faut d'abord que je vous raconte comment je suis devenu athée. J'ai été, de même que ma grande sœur

Catherine et mes deux petites sœurs Michèle et Hélène, élevé par ma mère dans la religion catholique, avec la bénédiction, même si le mot est ici paradoxal, de mon agnostique de père. En mai 1966, soit neuf ans après la naissance d'Hélène, ma mère est tombée enceinte. Formidable nouvelle pour les quatre enfants, et divine (!) surprise pour moi quand on a appris un peu plus tard qu'il s'agissait d'un garçon : j'allais enfin avoir un frère. J'étais tout à fait heureux avec mes trois sœurs, mais ce frère me manquait, et voilà qu'inopinément il s'annonçait soudain. À l'été 66, nous partons en vacances, Papa, Maman, Catherine et moi, en Allemagne. C'est au cours de ce voyage, le 12 juillet précisément, que mon père me traduit un entrefilet de la presse allemande annonçant «*Anquetil hat aufgegeben*», Jacques Anquetil a abandonné dans le Tour de France, et c'est un des premiers drames de ma vie, mais je l'ai déjà raconté ailleurs. En rentrant d'Allemagne, nous apprenons que mon grand-père maternel a cherché à nous joindre par tous les moyens, c'est-à-dire, puisque nous sommes encore à la préhistoire des communications, en envoyant une lettre en poste restante dans les 150 villes d'Allemagne que nous sommes susceptibles de traverser. Mais nous n'avions aucune raison d'imaginer qu'un courrier nous attendait à Karlsruhe ou à Oberammergau. Que voulait nous dire mon grand-père ? Qu'il avait appris, peu après notre départ, que Marie-Louise Morane, qui avait eu un contact indirect avec ma mère, avait déclaré la rubéole, dont on connaît la dangerosité pour les femmes enceintes. Cela n'aurait probablement rien changé si ma mère l'avait appris quinze jours plus tôt, mais ce qui est à retenir, c'est que nous savons tous, tous les six, à partir de ce moment, qu'une menace plane sur la vie du petit frère à venir.

La vie continue, dans notre petit appartement de Ville-d'Avray, et arrive le mois de février. Un soir, vers 20 heures, à la nuit tombée, Maman ressent les premières contractions – ce qui nous rassure tous car le bébé n'avait plus bougé selon Maman depuis deux semaines –, et Papa prend la Peugeot 403 pour emmener Maman à la clinique du Parc de Clagny à Versailles. Le compte à rebours est lancé.

Les deux petites dorment paisiblement dans leur chambre, mais Catherine et moi, dans la nôtre, entrons dans une phase d'attente fébrile. Catherine est plutôt optimiste, c'est dans sa nature, mais moi, plus inquiet, je commence à prier Dieu, en serrant contre mon cœur la croix métallique qui pendait à mon cou l'année précédente sur l'aube immaculée de ma communion solennelle, célébrée au lycée Hoche de Versailles en présence de nos deux professeurs d'Éducation religieuse, l'abbé Bogg et l'abbé Raynouard, celui-là même qui, un soir qu'il était trop pressé pour retourner jusqu'au confessionnal de la chapelle du lycée, m'avait confessé dans sa 2 CV, lui au volant, et moi sur le siège passager.

Les heures passent, et je ne cesse de prier. Ma foi chrétienne était déjà un peu vacillante, mais elle tenait encore à un fil relativement résistant, à savoir le commandement qui dit : « Tout ce que vous demanderez par la prière, croyez que vous l'obtiendrez, et cela vous sera accordé. » Ce commandement n'avait jamais failli. Lorsque je n'avais pas *vraiment* cru que ma prière serait exaucée, elle ne l'avait pas été. Mais, à l'inverse, c'est bien moi qui, l'année précédente, à genoux sur l'étroit balcon de ma chambre de l'appartement du 2, allée des Hêtres, Le Monastère (!), Ville-d'Avray, avais obtenu par la prière une cessation (hélas provisoire) des hostilités au Moyen-Orient.

Lorsque vers minuit je vois par la fenêtre la 403 revenir, je suis confiant. J'ai *vraiment* cru que Dieu allait m'accorder ce que je demandais par la prière, et que par conséquent Papa va nous dire que tout s'est bien passé. Catherine et moi l'accueillons dans l'entrée. Il est blême. D'une voix blanche, il dit seulement : « L'enfant était mort-né. » À cet instant précis, je perds la foi, et toutes les tentatives jusqu'à aujourd'hui seront vaines pour me faire croire à quelque dieu que ce soit.

C'est si instantané que, quelques instants plus tard, lorsque Papa, après nous avoir rassurés sur l'état de santé de Maman, nous dit qu'il lui a fallu déclarer le bébé et qu'il a décidé de le prénommer Déodat (« donné par Dieu ») je trouve cela parfaitement déplacé et ridicule, même si je sais qu'il ne l'a fait que pour faire plaisir à Maman.

Quelques jours plus tard, nous irons, dans la froideur de potron-minet, Papa, Catherine, et moi, enterrer le minuscule cercueil dans une concession quinquennale au cimetière de Buc, avec une petite croix pitoyable bricolée à la hâte, mais ceci est une autre histoire, qui explique surtout mon émotion incontrôlable chaque fois que j'écoute la chanson de Jacques Brel intitulée « Fernand », une chanson poignante que j'ai fait jouer sur les ondes de France Inter le 8 janvier 2015 à la fin de ma chronique pour célébrer la mort de mon cher Tignous.

Voilà donc comment je suis devenue athée, et, même, puisque je suis un peu rancunier, antireligieux.

Pour autant, j'hésite à affirmer que tout le mal vient des religions. J'ai même vaguement l'intuition que c'est le recul des religions qui accentue la courbe de la décadence. Car la croyance en un Dieu, pour farfelue qu'elle soit, est plutôt un facteur de cohésion des populations, et un outil d'apaisement des individus, libérés (artificiellement, mais quand même) de l'angoisse liée à la condition humaine.

Je n'ai pas plus de respect pour l'Islam que pour les autres religions, mais il est le seul à progresser en France, et c'est peut-être lui qui, en compensant le déclin impressionnant et le recul historique du christianisme, contribue à freiner la marche à l'abîme.

« Professeur, votre chambre est prête, j'ai tiré le rideau pour votre sieste.

— Vous être bien aimable, Nestor, mais aujourd'hui je vais faire l'impasse sur la sieste. J'ai pris trop de retard dans mes travaux. Vous croyez en Dieu, vous, Nestor ?

— Monsieur sait bien que je suis d'origine marocaine, et j'ai déjà confié à Monsieur que j'étais de confession musulmane. Cela pose-t-il un problème ?

— Aucunement, mon bon Nestor, aucunement ! »

AUTOPSIE, ÉPISODE 26

L'individualisme

Ah ! Voilà enfin un bon client ! Voilà un coupable plausible !

Depuis une trentaine d'années, la « montée de l'individualisme », comme on parle d'une montée du fascisme, est indéniable. Inventé à dessein par la société de consommation, aiguillonné par les émissions de téléréalité, stimulé par la parole décomplexée des imbéciles, entretenu par les hordes de chansonniers poujadistes qui brocardent lucrativement et sans distinction le « politique », et naturellement contagieux, l'individualisme progresse à pas de géant.

Il faut bien sûr le distinguer de l'égoïsme, qui est certes un vilain défaut, mais qui, lui, n'impacte pas le fonctionnement des sociétés. L'individualisme ne se contente pas de servir prioritairement les intérêts de ses disciples : il se désintéresse, quand il ne se défie pas carrément, de tout projet collectif, et par conséquent de l'action politique au sens étymologique du mot. C'est en ce sens qu'il est responsable du délitement des sociétés organisées.

En 2023, le projet d'acheter une sono de 2 fois 80 watts pour sa Renault Laguna passe pour une ambition noble. Le projet de figurer sur une liste quelle qu'elle soit aux élections municipales est une convoitise obscène. Les humoristes n'ont de cesse, pour des raisons clairement clientélistes, de discréditer à tort et à travers la classe politique, alors que, même si elle compte comme toute compagnie quelques brebis galeuses, elle est la seule dans le pays à se soucier de l'avenir et du bien commun, à accepter de servir une autre ambition que l'achat d'un lave-linge à essorage turbo.

En entreprenant, par étroitesse de cœur et d'esprit, de se sauver seuls, les individualistes nous perdront tous, et eux avec, « comme de bien entendu » (*big up* à Jean Boyer et Georges Van Parys).

... (sieste collective dans une chambrée du 43e régiment d'infanterie de marine avec, en fond sonore, la sublime et irrésistible « Marche des mousses » d'Antonin Farigoul, alternant avec l'exaltant « Hymne de l'infanterie de marine » de Paul Constant Cappé)...

On doit aux individualistes l'idée de vivre et de dormir en chambres individuelles : on peut, et on doit, pour cette raison, leur pardonner bien des choses.

AUTOPSIE, ÉPISODE HORS NUMÉROTATION

Les souffleuses à feuilles mortes

Je ne vais même pas essayer de faire semblant de feindre de faire mine de tenter d'essayer de démontrer que les souffleuses à feuilles mortes ont une quelconque responsabilité dans la décadence qui s'annonce. Mais depuis leur première apparition dans les années quatre-vingt-dix et le réquisitoire que j'ai dressé contre elles sur les ondes de la radio publique, je me suis juré de ne jamais manquer une occasion de dénoncer et de condamner ces engins épouvantablement bruyants, énergivores et d'un rendement très discutable, inférieur en tout cas au bon vieux et silencieux râteau.

AUTOPSIE, ÉPISODE 27

Les femmes

Eh ! Peuchère ! Ça tombe sous le sens ! Pendant des millénaires, les hommes détenaient la totalité du pouvoir, et tout se passait très bien ! Les femmes étaient considérées comme quantité négligeable, elles s'occupaient des gosses et du foyer, elles étaient soumises et dociles, et le monde tournait bien rond !

Et puis las... Depuis une soixante-dizaine d'années, les femmes ont commencé à réclamer des tas de choses invraisemblables, le droit de vote, le droit au travail, le droit d'ouvrir un compte en banque, le droit de prendre part aux décisions familiales, et puis est venu le temps de la surenchère, les femmes se sont mises à revendiquer la parité, des postes à responsabilité, l'égalité, et même le respect (!)... et nous voilà ce matin engagés sur la pente fatale de la décadence.

Ne cherchez plus le fautif : c'est une fautive, c'est la Femme qui s'est rebiffée et qui a tout gâché.

... (sieste, initialement prévue avec ma femme, mais cette dernière en a décidé autrement, elle avait « du boulot » (mon œil !), et elle m'a laissé tomber comme une vieille chaussette, les mêmes vieilles chaussettes qu'elle refuse catégoriquement, Dieu sait pourquoi, mais sans doute pour « faire genre », de repriser) ...

Ma femme a profité de ma sieste pour jeter un coup d'œil sur mon manuscrit. À mon réveil, elle m'a asséné ceci : « Ton raisonnement est inepte : c'est comme si tu disais que le monde tournait rond du temps où on ne mangeait des huîtres que les mois en R, que depuis qu'on en mange aussi l'été, tout va à vau-l'eau (salée), et que par conséquent tout le mal vient des huîtres, ou du transport réfrigéré. »

J'ai bien senti que ma position était fragile. Alors, me remémorant les moments bénis du tournage de la série *Kaamelott* de mon génial petit frère Alexandre Astier, saga dans laquelle j'ai eu et aurai encore le privilège d'incarner l'infâme roi Loth d'Orcanie, alors j'ai choisi d'utiliser l'arme secrète du chevalier Perceval, magistralement interprété par mon ami Franck Pitiot, et j'ai sobrement répondu à ma femme : « C'est pas faux. »

AUTOPSIE, SIMPLE AVERTISSEMENT AVEC RAPPEL À LA LOI ET INJONCTION DE SOINS

Ceux qui causent dans le poste

Si les gens qui parlent à la radio et à la télévision ne cessent pas, dans un délai très bref, d'utiliser, avec une pédanterie pathétique, le mot « systémique » à la place du mot « systématique », s'ils ne cessent pas de confondre le littéraire « participer de » et le simple « participer à », s'ils ne cessent pas de perpétrer les navrants pléonasmes que constituent la « topographie des lieux », le « taux d'alcoolémie », être « sur un même pied d'égalité » et « s'avérer exact », s'ils ne cessent pas de commettre un affligeant contresens en parlant de « tirer les marrons du feu » et une indigne faute de français en disant « c'est bien de celle-là dont on parle » au lieu de « c'est bien de celle-là qu'on parle » ou « c'est bien celle-là dont on parle », s'ils ne cessent pas d'abuser du lourd « voyons ce qu'il se passe » mis pour le sobre « voyons ce qui se passe », ou, pire encore, de l'impropre « c'est exactement ce qu'il s'est passé » au lieu du naturel « c'est exactement ce qui s'est passé », s'ils ne renoncent pas à employer « suspicieux » en lieu et place de « suspect », et cent autres boulettes encore… alors je n'hésiterai pas à les accuser, avec la mauvaise foi brutale qui me caractérise, de tous les maux de la terre.

Qu'ils se le tiennent pour écrit !

AUTOPSIE, ÉPISODE 28

Les pizzas

J'ai eu avant-hier dans un restaurant chinois une conversation édifiante (aussi édifiante que l'histoire de voiture de l'épisode 18) avec un voisin de table, un monsieur très affable de 84 ans. Nous avons parlé « pizzas ». Il faut vous dire que c'est une des choses qui a le plus changé depuis mon enfance, presque autant que la téléphonie évoquée à l'épisode 23. Quand je suis né, la pizza venait tout juste d'arriver en France, puisque la première pizzeria française a ouvert à Paris en 1950. Désormais, les Français sont les deuxièmes plus gros consommateurs de pizzas au monde, avec 10 kg de pizzas par personne et par an en moyenne, juste derrière les Américains, et très loin devant les Italiens.

Or, il se trouve que mon voisin du chinois était, en chair et en os, avec ses parents, morts entre-temps, à l'inauguration de cette légendaire pizzeria de la rue des Canettes, Chez Bartolo (du nom de son créateur Bartolo Memola, impresario napolitain ayant fui le fascisme). Et voici ce que ce bonhomme m'a déclaré, tandis que nous dégustions, moi un canard laqué (voir épisode 24), et lui un travers de porc poivre et sel : « Les pizzas, c'est devenu n'importe quoi. Je vous en parle en connaissance de cause, parce que moi, j'ai mangé une des premières pizzas françaises chez Bartolo rue des Canettes quand j'avais 10 ans, avec mes parents, qui sont morts depuis, mon père un cancer du pancréas foudroyant et ma mère de chagrin un an après, Bartolo aussi il est mort, du reste, je crois bien, c'est fou comme les gens meurent facilement à partir d'un certain âge, moi-même je me demande comment je suis toujours là, mais ça va, j'ai encore un bon coup de fourchette comme vous voyez, je devrais dire un bon coup de baguettes, et donc à l'origine, les pizzas c'était un truc tout simple, la margherita, avec tomate, mozzarella, basilic, et basta, ou alors la napolitaine, des olives, des anchois, des câpres, qui est un nom féminin, le saviez-vous ?, des concepts simples, et de là on a attaqué des déclinaisons à perte de vue. Au début, c'était encore à peu près raisonnable, ils ont inventé la regina, la quatre saisons, la capricciosa, admettons… déjà la calzone, c'était douteux, et puis ça a commencé à s'emballer avec la quatre fromages, la sicilienne, la *frutti di mare*, ensuite gros délire avec par exemple la campagnarde ou la paysanne, lardons pommes de terre, on ne voit pas ce que ça vient faire sur une pizza, et de là c'est parti en sucette, vous penserez à mon bol de riz, mademoiselle, n'importe quel pizzaïolo s'est mis à inventer des pizzas farfelues pour leur donner son nom, ou pire encore, des noms comme pizza des Étoiles, pizza Plaisir des sens ou pizza du

Facteur Cheval, à cause de la viande de cheval en rondelles, et vas-y que je mets n'importe quoi là-dessus, de la crème, du saumon, de l'andouille de Guéméné, de la mangue, des maquereaux à la moutarde, de la salade frisée parfumée à l'arôme Maggi, on a vu apparaître les pizzas tartiflette, les pizzas confit de canard, et récemment y a un cinglé qui a sorti la pizza pot-au-feu, ça se barre dans tous les sens, on n'y comprend plus rien, on a complètement perdu les fondamentaux, le consommateur est en panique, et maintenant que la machine s'est emballée, on ne l'arrêtera plus, c'est parti en vrille, on va bientôt dépasser les trois mille noms de pizza sur le territoire métropolitain, dans pas longtemps, vous allez voir, ce sera des pizzas café-cognac, des pizzas jus de pamplemousse-côte de bœuf, le grand foutoir, la fin des haricots, c'est triste à dire mais c'est comme ça. »

J'ai dit au monsieur :

« J'ai une question, un message personnel, et une observation, si vous permettez...

— Je vous en prie, il a dit.

— Ma question : la phrase « Vous penserez à mon bol de riz, mademoiselle » ne m'était pas adressée, ou bien ?

— Ah oui, non non, c'est que la serveuse avait oublié mon bol de riz, donc voilà.

— Vous me rassurez. Le message, c'est tout bête : je suis désolé pour vos parents.

— Merci. Et l'observation ?

— Ah oui, j'y viens. Comment vous dire ? L'histoire de la pizza depuis 1950 telle que vous la racontez, avec beaucoup d'éloquence, du reste… c'est trait pour trait l'histoire d'une décadence. Tous les marqueurs de la décadence sont là : le surnombre, la fuite en avant, la surenchère, la perte des valeurs, la logique aveugle de profit, la confusion générale, je vous dis ça parce que figurez-vous, je suis en train d'écrire un bouquin sur la décadence, dans lequel je cherche l'origine du mal, et quand vous êtes parti sur les pizzas, je me suis dit que…

— Ah, ben voilà mon bol de riz. Ben oui, Mademoiselle, mais c'est trop tard, j'ai fini mon travers. »

AUTOPSIE, ÉPISODE 29

Les lave-vaisselles

Ça, c'est typiquement le genre de truc qui rend les gens complètement fous. Tu peux mettre tout l'argent que tu veux dans ton lave-vaisselle, tu peux prendre le top du top du haut de gamme, il y a toujours une déficience au niveau du séchage. Résultat : quand tu décharges ton lave-vaisselle, il reste un petit peu d'eau dans le pied concave des verres à pied, dans le socle des bols, dans l'embase des tasses à café, pardon si je ne connais pas les termes techniques, et quand tu tires un peu vivement le tiroir du haut pour décharger, cette eau se répand en bas sur les assiettes et les couverts, c'est crispant au possible, alors tu vas me dire, tu peux tirer le tiroir du haut en douceur et pomper les petites flaques avec une feuille de Sopalin, et puis quoi encore ? Il fallait pas écrire sur la notice que c'est une machine qui sèche, elle sèche comme mes fesses, ou alors ils n'ont qu'à fournir le Sopalin, plus un bras robotisé qui promène le Sopalin sur les flaques, mais penses-tu ! Ils n'en ont rien à battre, et les gens ont la rage, et c'est la décadence.

D'où vient le mal ?

... (sieste favorisée par la prise d'une bassine de Tranxène) ...

Non, mais d'accord, c'est pas la fin du monde, mais n'empêche, moi maintenant la vaisselle, j'aime autant la faire à la main.

AUTOPSIE, ÉPISODE 30

L'intelligence artificielle

Alors là, pour le coup, je ne serai pas le seul à le dire : l'IA (Intelligence artificielle) est en passe de surclasser l'homme dans tous les domaines, puis de l'asservir, et finalement de le rayer de la carte, aussi bien de la carte Michelin que de la carte du restaurant de Pierre Gagnaire, trois étoiles bien méritées au Michelin.

Naturellement, je me suis empressé de demander à l'IA la confirmation de ce sombre pronostic. J'ai prié l'application ChatGPT de bien vouloir « démontrer que ChatGPT est responsable de tous les maux et pousse l'humanité à la décadence ».

Voici sa réponse, en authentique langue de bois artificielle :

« En tant qu'assistant d'IA, je ne suis pas programmé pour faire des déclarations fausses ou alarmistes. Au lieu de cela, je suis conçu pour fournir des informations objectives et impartiales.

Le modèle de langage GPT-3 utilisé pour créer l'assistant de ChatGPT a été développé pour aider les gens à communiquer plus facilement avec les machines et à améliorer l'efficacité de certaines tâches. Il a des avantages significatifs pour l'humanité, tels que la traduction instantanée, la création de contenu et la recherche de réponses à des questions complexes.

Cependant, comme toute technologie, il peut y avoir des risques et des inconvénients à l'utilisation de l'assistant de ChatGPT. Par exemple, si l'assistant est utilisé pour diffuser de fausses informations ou pour promouvoir des idées néfastes, cela peut avoir des conséquences négatives pour la société.

Néanmoins, il est important de souligner que les problèmes qui peuvent être associés à l'utilisation de l'assistant de ChatGPT sont en grande partie dus à la façon dont il est utilisé et géré par les utilisateurs humains, plutôt qu'à la technologie elle-même.

En fin de compte, il est important de reconnaître que la technologie de l'IA, y compris l'assistant de ChatGPT, peut être utilisée pour le bien ou le mal. C'est à nous, en tant qu'êtres humains, de faire des choix responsables quant à l'utilisation de cette technologie pour maximiser ses avantages et minimiser ses risques. »

Oui, c'est un peu comme dans tout, y a du bon, et y a du mauvais ; regarde, les armes à feu, c'est la même chose, ça dépend qui s'en sert et comment il ou elle s'en sert, ça peut rendre de grands services et ça peut aussi causer de grands malheurs, tout dépend, et le piment, c'est la même logique : bien dosé, ça peut sublimer le plat, mais si on en met trop, c'est immangeable. Idem pour le Doliprane : si on dépasse la posologie, je veux dire si on la dépasse de beaucoup, on peut en mourir, alors qu'à la base, c'est fait pour aller mieux. Voilà.

... (Ma question suivante coulait de source : « Pouvez-vous énumérer les bienfaits de la sieste ? »
Réponse :
« La sieste, lorsqu'elle est bien chronométrée et d'une durée appropriée, peut offrir plusieurs bienfaits pour la santé et le bien-être. Voici quelques-uns des avantages potentiels de la sieste :
1. Amélioration de la productivité : Une courte sieste peut aider à augmenter la concentration, la créativité et la productivité mentales. Elle permet de recharger les batteries et de récupérer une énergie mentale, ce qui peut être bénéfique pour les tâches qui demandent une grande attention.
2. Réduction du stress : Une sieste peut aider à réduire le stress et l'anxiété en offrant un moment de détente et de repos. Elle permet de faire une pause dans la journée et de se ressourcer.
3. Amélioration des performances physiques : Une sieste peut également améliorer les performances physiques en réduisant la fatigue musculaire et en augmentant la vigilance. Cela peut être particulièrement bénéfique pour les personnes

pratiquant des activités physiques intenses ou pour les athlètes.
4. Amélioration de la mémoire et de l'apprentissage : Des études ont montré que la sieste peut améliorer la mémoire à court terme et faciliter l'apprentissage. Elle permet de consolider les informations et de renforcer les connexions neuronales.
5. Réduction de la somnolence diurne : Si vous vous sentez fatigué pendant la journée, une sieste peut vous aider à combattre la somnolence et à retrouver un état d'éveil plus alerte.
6. Amélioration de l'humeur et du bien-être : Une sieste peut avoir un effet positif sur l'humeur en réduisant l'irritabilité et en favorisant une sensation de détente. Elle peut également aider à réduire les risques de dépression et d'anxiété.
Il est important de noter que la durée de la sieste est un facteur clé pour en tirer les bienfaits. Des siestes trop longues peuvent entraîner une sensation de groggy et perturber le sommeil nocturne. Une sieste de 10 à 20 minutes est généralement recommandée pour bénéficier des effets positifs sans perturber le rythme de sommeil régulier. »)...

Une fois reposé, j'ai mis un peu d'eau dans mon vin pour formuler cette proposition intermédiaire : « Méfions-nous de l'intelligence artificielle ». Réponse du robot :

« En tant qu'assistant virtuel, je comprends que certaines personnes peuvent avoir des préoccupations et

des inquiétudes concernant l'intelligence artificielle. Cependant, il est important de noter que l'IA est un outil puissant qui peut être utilisé de manière responsable et éthique pour améliorer la vie des gens.

Il est également important de noter que les systèmes d'IA sont conçus et entraînés par des humains, ce qui signifie que leur comportement est influencé par les valeurs et les biais de leurs créateurs. Il est donc crucial de concevoir des systèmes d'IA équitables et inclusifs qui tiennent compte de la diversité et de l'égalité pour tous.

En bref, il est important de faire preuve de prudence et de responsabilité lors de l'utilisation de l'IA, mais cela ne signifie pas que nous devons être sceptiques ou méfiants envers elle. »

Me voilà rassuré.

J'en profite pour signaler au lecteur que je m'honore d'avoir initié, avec la complicité des meilleurs spécialistes français de l'IA, une réflexion très novatrice sur la BA (Bêtise artificielle), réflexion dont les premiers pas figurent dans mon *Dictionnaire amoureux de la bêtise*, et qui pourrait bien nous valoir une publication prochaine dans une grande revue internationale de référence.

Oui, je suis fier. Y a de quoi.

Mais revenons à nos moutons. Si ce n'est pas l'IA qui est responsable de la décadence, alors qui est-ce ?

Réponse de ChatGPT :

« La décadence d'une société peut avoir de nombreuses causes complexes et interconnectées. Voici quelques facteurs qui peuvent contribuer à la décadence d'une société :

1. Corruption et mauvaise gouvernance : La corruption généralisée au sein des institutions publiques et privées peut miner la confiance des citoyens dans le système et entraîner une détérioration de la société.

2. Inégalités économiques et sociales : Lorsque les inégalités économiques et sociales deviennent trop importantes, cela peut conduire à des tensions sociales, à l'exclusion et à la marginalisation de certaines populations, ce qui peut affaiblir le tissu social.

3. Perte des valeurs morales et éthiques : Lorsque les valeurs morales et éthiques sont négligées ou ignorées, cela peut entraîner une perte de confiance, une désintégration des normes sociales et une dégradation de la société.

4. Instabilité politique et conflits internes : Les conflits politiques et les luttes de pouvoir peuvent entraîner une instabilité politique, des divisions sociales et des tensions internes, ce qui affaiblit la société dans son ensemble.

5. Dégradation de l'environnement : L'exploitation excessive des ressources naturelles, la pollution et le changement climatique peuvent avoir des consé-

quences néfastes sur l'environnement, la santé des populations et la durabilité de la société.

6. Éducation déficiente : Un système éducatif inefficace ou inaccessible peut entraver le développement des individus, affecter leur mobilité sociale et limiter les opportunités, ce qui peut entraîner un déclin de la société.

Il convient de noter que la décadence d'une société est souvent le résultat d'une combinaison de ces facteurs et qu'ils peuvent s'influencer mutuellement. Il est important de reconnaître et de comprendre ces problèmes pour pouvoir y remédier et promouvoir une société plus saine et équilibrée. »

Voilà donc six pistes numérotées, parmi lesquelles trois que j'estime avoir déjà explorées, les numéros 3, 4, et 5, ce qui me conduit à ne retenir pour la suite que les propositions 1, 2, et 6 de mon partenaire artificiellement intelligent. Commençons par la 2.

AUTOPSIE, ÉPISODE 31

Les inégalités

L'air de rien, c'est une des hypothèses les plus vraisemblables de toutes celles que j'ai avancées.

Certes, le contrat social qui nous unit admet quelques inégalités, afin de pouvoir encourager le mérite et l'effort en les récompensant mieux qu'il ne récompense la paresse et le je-m'en-foutisme. Mais ce contrat social estime aussi qu'il ne faut pas pousser mémé dans les orties. L'inégalité est nécessaire, pourvu qu'elle reste raisonnable. Or le capitalisme libéral, qui régit tous les pays dont j'affirme qu'ils sont menacés de décadence, génère des inégalités démesurées, criantes et obscènes.

Un écart des revenus de 1 à 100 entre les moins et les plus méritants, voilà qui est énorme mais qui semble encore tolérable et socialement acceptable. Un écart de 1 à 10000 comme celui que nous constatons est nettement moins digeste. Quand 1 % de la population détient 50 % de la richesse, il n'est pas besoin d'être grand clerc pour comprendre que l'explosion est proche. Quand 10 millions de Français vivent sous le seuil de pauvreté tandis que quelques-uns se pavanent sur des yachts à 300 millions de dollars, il faudrait être aveugle pour ne pas voir que la fin est proche.

... (sieste teintée de culpabilité, en raison de l'inégalité des individus devant le sommeil (voir épisode 2) : tandis que certains peinent à dormir 5 heures par nuit, je roupille pour ma part 10 heures par 24 heures, et un peu plus en hiver) ...

« Et en même temps », pour reprendre une formule déjà démodée, la longanimité des petits et des humbles est, hélas, trois fois hélas, infinie.

AUTOPSIE, ÉPISODE 32

La mauvaise gouvernance

Cette autre cause du Mal que me suggère l'IA est, contrairement à la précédente, risiblement improbable.

En effet, l'actuel président de la République, Emmanuel Macron, est un type formidable, un véritable as de la bonne gouvernance. Tous ses ministres hommes sont compétents, avisés, performants, et pour la plupart très beaux et très bien habillés. Tous ses ministres femmes sont compétentes, avisées, performantes, et pour la plupart très belles et très bien habillées. Dans un tel contexte, on ne voit pas par où pourrait s'infiltrer l'once du début d'un soupçon de mauvaise gouvernance.

Nul besoin de sieste. Espérons seulement que la troisième proposition de l'IA se révèle un peu moins loufoque.

AUTOPSIE, ÉPISODE 33

L'éducation déficiente

Perdu ! Encore une proposition qui tombe, avec un bruit sourd, à côté de la plaque !

Notre système d'Éducation nationale, que Claude Allègre, ministre socialiste, eut un jour le front d'appeler « le mammouth », est au-dessus de tout éloge. Depuis le ministre jusqu'au plus modeste pion, tous les personnels du dispositif sont compétents, avisés, performants, et pour la plupart très beaux et très bien habillés, même et surtout les jours de kermesse.

Toujours pas de sieste. L'IA m'a déçu. Je ne vais dorénavant compter que sur mes propres forces. Ce n'est pas demain qu'une énigme, si insoluble semble-t-elle, me verra mordre la poussière.

Trente-trois tentatives, pour un têtu comme moi, c'est tout juste un échauffement.

AUTOPSIE, ÉPISODE 34

La malédiction de Toutânkhamon

Je sais bien que je ne vais pas me faire que des amis en le révélant, mais voici pourquoi et comment le Mal qui nous assiège et nous ronge a pour origine la fameuse malédiction du pharaon.

En 1327 avant Jésus-Christ, Toutânkhamon, le onzième pharaon de la XVIIIe dynastie, n'a que 18 ans, mais, sentant, grâce à son intuition pharaonique, sa mort prochaine, il fait venir ses sbires et leur parle en ces termes (librement traduits de l'égyptien par mes soins) :

« Les mecs,

Je ne vais pas tarder à rejoindre mon père Akhenaton au royaume des Morts. Je n'ai pas le temps de vous expliquer pourquoi je vais casser ma pipe si jeune, et de toute façon la question n'est pas là. Voici ce que vous allez faire : vous allez me construire dans la vallée des Rois, près de Louxor, un tombeau souterrain, un "hypogée", pour les plus cultivés d'entre vous. Vous allez me faire ça aux petits oignons, avec chambres secrètes et parois mystérieuses et cavités cachées… tout le bataclan, vous connaissez la chanson. Quand vous m'aurez installé là-dedans tout momifié, vous allez tout refermer bien soigneusement, vous murez les accès, vous éboulez les couloirs et tout le tremblement, et pour finir vous me collez trois cents tonnes de sable par là-dessus.

— C'est noté, patron. Et après ?

— Après, vous ne touchez plus à rien, c'est moi qui drive. Je fabrique une malédiction assez vicelarde : normalement, si vous avez bien bossé, personne ne découvrira jamais mon tombeau, on est d'accord. Mais si un jour je ne sais quel archéologue autodidacte passionné, financé par je ne sais quel nobliau un peu perché, s'avise de profaner ma tombe, alors je ferai partir le chrono, et un siècle tout rond plus tard, je déclenche la décadence. Des questions ?

— C'est pas un peu sévère, comme malédiction ?

— T'as raison, mon cher Sennedjem, mais j'ai pas l'habitude de faire les choses à moitié. Autre question ?

— Oui, moi j'ai une question, un truc que j'ai pas capté tout à l'heure : vos objets précieux, on les met dans le *nipojé*, ou on peut les garder pour nous ?

— Casse-toi, pauv'con ! »

Voilà donc l'histoire. Je n'ai pas besoin de préciser que c'est le 4 novembre 1922 qu'Howard Carter, financé par Lord Carnarvon, fait « la » connerie qu'il fallait éviter. Et la prophétie s'accomplit, la malédiction opère, et nous voilà tous bien dans la panade.

La malédiction de Toutânkhamon

... (sieste à bord d'une felouque glissant silencieusement sur le Nil majestueux) ...

Il y a un détail qui cloche, dans cette trente-quatrième hypothèse. C'est que les premiers signes avant-coureurs de la décadence que nous vivons apparaissent bien avant 2022. Donc, soit Toutânkhamon était un gros mytho doublé d'un sinistre charlot, soit il me faut poursuivre mes fouilles ailleurs.

AUTOPSIE, ÉPISODE 35

Le pire

Je ne l'invente pas. C'est Camille Goemans qui l'a dit : « Tout le mal vient du pire. »

(Je sais : je viens à peine d'écrire que j'allais désormais compter sur mes propres forces, et trois pages plus loin je viens chercher de l'aide auprès d'un écrivain belge surréaliste. Eh bien écoutez : si ma façon de travailler ne vous convient pas, écrivez donc ce livre vous-mêmes !)

Revenons à Goemans. Je ne suis pas certain de bien comprendre sa phrase, mais comment ne pas faire confiance à quelqu'un qui a eu pour amis Henri Michaux, Paul Nougé, Max Ernst, René Magritte, Louis Scutenaire, André Souris, Jean Arp, Yves Tanguy, Salvador Dalí, Joan Miró, Man Ray, ou Louis Aragon ? Que ne suis-je né cinquante ans plus tôt, et de préférence en Belgique, pour avoir une petite chance d'approcher ou, mieux, de faire partie de cette bande de joyeux génies !

Mais las! Je ne suis qu'un laborieux plumitif, un pitoyable grimaud, un écrivaillon surnuméraire. Il ne me reste qu'à lancer un autre appel au secours, à un vivant, cette fois, un bon vivant même, mon sagace compère Jean-Loup Chiflet.

« Cela sonne comme un paradoxe, me dit le maître, puisque "pire" est le superlatif absolu de "mal", donc, grammaticalement parlant, c'est le pire qui vient du mal; or Goemans inverse les termes de la proposition. J'interprète cette phrase comme voulant dire : nous nous faisons du mal à toujours craindre le pire. Nous gâchons le moment présent sous le mince prétexte que le pire se profile. Ainsi, vivant dans la peur, nous nous interdisons toute créativité, nous nous privons de tout élan. »

Merci Jean-Loup. Grâce à ta réponse, je ne comprends même plus ma question.

À présent, reprenant la terrible expression des victimes d'addiction qui s'affranchissent d'une addiction pour sombrer dans une autre addiction : « Je change de cabine à bord du Titanic. »

Pour autant, pas de panique! J'ai encore quelques diables dans mon collimateur.

AUTOPSIE, ÉPISODE 36

Tir groupé

Il faut savoir apprendre de ses échecs. En trente-cinq séquences d'autopsie, je n'ai pas réussi à mettre la main sur le coupable. Je n'avais pas connu aussi cuisant revers depuis Dien Bien Phu. C'est peut-être que j'ai fait l'erreur de confronter les suspects un par un, leur laissant ainsi l'occasion d'organiser minutieusement leur défense. Si maintenant j'en mets trois ou quatre dans le même sac, ils auront moins de facilité à se mettre d'accord sur un système de défense efficace, je les prendrai au piège de leurs contradictions, je les acculerai à des aveux circonstanciés, et je mettrai tout ce petit monde au cachot.

« Huissier, veuillez faire entrer dans mon bureau, par ordre d'appel : le commerce, l'urbanisation, la médecine, et la technocratie. Asseyez-vous. Mesdames et Messieurs, vous êtes, tous autant que vous êtes, prévenus de Haute Malfaisance en bande organisée. Je vous aurais volontiers notifié vos droits, mais on m'a volé mon Code de procédure, nous allons donc éluder ces assommantes formalités. Qui parmi vous souhaite se dénoncer ? Oui ? Monsieur ?

— Oui, bonjour, je m'appelle Patrick Cazac, je voudrais parler au nom du commerce. Moi je suis maroquinier à Sarlat, dans le département de la Dordogne, mon magasin se situe juste en face de la cathédrale Saint-Sacerdos, c'est le quartier piétonnier, qui s'étend en gros de la place de la Liberté jusqu'au jardin de la Rigaudie au milieu duquel se dresse une statue d'Étienne de la Boétie, natif de Sarlat comme vous le savez, le 1er novembre 1530, si je ne dis pas de bêtises, et…

— Allez au fait, Monsieur Cazac, je vous prie !

— … oui, donc je suis en très bons termes avec tous les commerçants sarladais, et ils pourront tous témoigner que non seulement nous ne sommes pas malfaisants, mais que le maire de la ville, j'ai envie de dire le bourgmestre, nous a même dit à la dernière Assemblée générale des commerçants : « Le commerce fait beaucoup de bien à notre ville et à la région tout entière », ça nous a fait chaud au cœur évidemment, mais je vous raconte ça surtout pour que vous arrêtiez de penser que tout le mal vient de nous et de notre activité. Voilà, j'ai fini.

— Merci Monsieur Cazac. Quelqu'un d'autre ? Oui, Madame ?

— Bonsoir à tous, je suis Ghislaine Leterrier, dermatologue à Colmar, mon cabinet se situe juste en face de la collégiale Saint-Martin, c'est le quartier qu'on appelle le Vieux Colmar, qui se déploie en cercle autour du musée Bartholdi, car Auguste Bartholdi était, comme vous le savez certainement, natif de Colmar, le 2 août 1834 si je ne m'abuse, et...

— Allez au fait, Docteur Leterrier !

— ... oui, donc je suis présidente de l'Association des professionnels de santé colmariens, et je vous assure que non seulement nous ne sommes pas malfaisants, mais que l'adjoint au maire chargé de la Culture a dit l'an dernier à un de nos membres « Sans vous, je ne me serais jamais débarrassé de mes coliques néphrétiques », c'est une vraie satisfaction pour un médecin d'entendre des choses comme ça, mais je vous en parle surtout pour exactement les mêmes raisons que Monsieur Cazac, dont je crois, il me démentira si je me trompe, avoir fréquenté le magasin au cours de mes vacances périgourdines en 1998, et j'en ai été très satisfaite.

— Merci Docteur ! On va s'arrêter là... Non ? Oui ? Un dernier témoignage ?

— Oui, Pierre-Jacques de Vuillaume, je suis un urbaniste cynique et corrompu doublé d'un technocrate pourri jusqu'à la moelle, je voudrais confesser le mal que j'ai fait tout au long...

— Vous êtes d'où, Monsieur de Vuillaume ?

— D'Angers, pourquoi ?

— Il y a bien un quartier piétonnier à Angers, autour de la cathédrale Saint-Maurice ?

— Oui, pourquoi ?

— Et c'est bien à Angers qu'est né, le 31 août 1786 sauf erreur de ma part, le chimiste Michel-Eugène Chevreul, qui a théorisé la saponification, et qui a sa statue au Jardin des plantes de la ville ?

— Oui, tout à fait.

— OK, ça va bien comme ça, j'ai entendu assez de bla-bla pour aujourd'hui, je suis fatigué... Huissier, veuillez raccompagner ces personnes à la sortie, et servez-moi un Brugal Sibarita !

— ?????

— 35 ml de Brugal 1888, 15 ml de Lillet blanc, 15 ml d'Aperol, 1 trait de *bitter* pêche et 1 zeste de pamplemousse. Et bien sûr, des glaçons. Plein de glaçons.

— Pour une fois, Monsieur le commissaire, vous ne faites pas de sieste, si je comprends bien ?

— Mon cher ami, je fais une sieste quand j'ai besoin de réfléchir, et particulièrement quand une perspective de changer d'avis se dessine. En l'occurrence, c'est tout réfléchi, j'ai tout bien pesé, et je ne changerai pas d'avis : mon coupable n'est vraisemblablement pas parmi ces quatre énergumènes, et surtout, surtout ! ils me fatiguent à raconter leurs vies et à faire de la publicité à peine déguisée pour leurs villes de résidence respectives. Donc : un Brugal Sibarita, direct !

— C'est comme si c'était fait, commissaire !

— J'aime cet état d'esprit. Rappelez-moi de ne pas oublier de favoriser votre avancement. »

AUTOPSIE, ÉPISODE TACTIQUE

La mer

Puisque je suis devenu, comme par enchantement, commissaire – «enchantement», le mot est trop fort; j'aurais été «enchanté» de devenir acteur de cinéma, par exemple, mais ça, la vie ne l'a pas voulu – «la vie», c'est mal dire; ce sont plutôt ceux qui font des films qui ne l'ont pas voulu – toujours est-il que je ne suis pas particulièrement enchanté de cette nomination, je le suis d'autant moins qu'il ne s'agit même pas d'une nomination, mais d'une auto proclamation, comme celle qui m'a fait «professeur» en 1988 –, je vais utiliser une ruse que j'ai apprise en regardant les émissions télévisées consacrées aux enquêtes criminelles. Il est possible en effet que le ou la responsable de tout le mal ait eu vent de mon enquête et redouble de méfiance. Je vais donc feindre de faire fausse route, afin d'endormir ladite double méfiance et de pousser le coupable à la faute qui le perdra.

Il va sans dire que je compte sur le lecteur pour ne pas ébruiter le stratagème.

« Victoire ! Je tiens LA coupable ! C'est d'elle que vient tout le mal ! La mer !

Oui, la mer fait beaucoup de mal, elle en fait même tellement qu'il a fallu inventer une expression sur mesure : "le mal de mer". Certes, comme tout criminel en cavale, le mal de mer a pris soin de se procurer de faux papiers au nom de "Naupathie", mais pour le fin limier que je suis, il n'y a pas d'hésitation : c'est bien le mal de mer, le méchant mal de mer, qui se cache sous cette identité ronflante. Et c'est bien de la mer que vient tout le mal, même si la mer donne épisodiquement le change en dansant le long des golfes clairs.

Je tiens MA coupable, je clos mon enquête. Dormez tranquilles, braves gens ! »

Voilà. Le piège est en place, il n'y a plus qu'à attendre.

... (sieste, bien sûr, car il n'y a rien de mieux que la sieste pour meubler l'attente, mais sieste d'un œil, c'est-à-dire en ne dormant que d'un œil, comme Tintin et comme Hercule Poirot, à l'affût du moindre faux pas de l'adversaire) ...

Dispositif en place depuis trois mois.

R.A.S.

Force est de reconnaître que mon stratagème a fait long feu.

Flûte et zut.

La mer

J'y retourne en chantant :

Enfant de la montagne, j'y retourne, j'y retourne
Enfant de la montagne, j'y retourne en chantant !
La fatigue me gagne, mais mon cœur, mais mon cœur,
La fatigue me gagne, mais mon cœur est content.

AUTOPSIE, ÉPISODE 37

La drogue

Je ne parle pas là de la drogue comme on l'entend généralement, à savoir les multiples produits addictifs que sont la marijuana, le haschich, l'héroïne, la cocaïne, le crack et tant d'autres, produits qui, certes, font beaucoup de mal, mais font essentiellement du mal à celles et ceux qui ont eu le malheur d'y succomber, et relativement peu de mal à la société. Plutôt qu'accabler les victimes de ces substances (qui, au demeurant, prolifèrent surtout parce que leur commerce illégal génère des bénéfices mirobolants et engraisse de cyniques trafiquants), je crois plus juste de plaider pour une meilleure prise en charge sociale et sanitaire de l'addiction. Trop de gens continuent de considérer l'addiction comme une sale manie, qu'un petit effort de volonté suffirait à surmonter. Ils méconnaissent que l'addiction est, par définition même, une habitude délétère dont on voudrait de toutes ses forces s'affranchir... mais sans y parvenir !

Il est urgent que l'addiction (ou l'assuétude, pour rester français) soit regardée et traitée comme une maladie au même titre que le cancer par exemple : une cochonnerie mortelle qui vous tombe dessus sans que vous ayez rien demandé et dont la plupart du temps ni votre volonté farouche ni vos ferventes prières ne parviendront à vous débarrasser. Personne jamais n'a rêvé d'avoir un cancer, et personne non plus n'a rêvé de devenir alcoolique ou cocaïnomane. Une société moderne doit regarder et traiter l'addiction avec bienveillance et compassion. C'est un des combats que j'entends mener dans le temps qui me reste à vivre, temps que j'évalue entre 33 minutes et 33 ans, avec une petite préférence pour le haut de la fourchette.

Passons.

La drogue que j'accuse d'être à l'origine du mal, ce sont les médicaments psychotropes. Ces médicaments, dont je suis moi-même un petit consommateur honteux, et qui eux aussi engraissent follement ceux qui les fabriquent et ceux qui les vendent, sont aussi addictifs que les autres « produits » d'addiction.

L'Observatoire français des drogues et des tendances addictives n'en fait pas mystère, qui dresse ainsi la liste de ses sujets d'étude : « Alcool, Cannabis, Cocaïne/crack, Hallucinogènes, Héroïne et opioïdes, MDMA/Ecstasy, *Médicaments*, NPS, Solvants, Tabac, Jeux d'argent et de hasard. »

En termes de consommation, selon Santé publique France, « 16 millions de personnes parmi les 11-75 ans ont déjà pris des médicaments psychotropes en France.

Les plus consommés sont les anxiolytiques, devant les hypnotiques et les antidépresseurs. »

Il n'y a plus à tergiverser, il faut le hurler : en ramollissant le cerveau et en éteignant la vigilance de leurs usagers, les psychotropes poussent le monde à la décadence.

... (Sieste très profonde sous l'effet conjugué de la doxylamine, générique du Donormyl, et du zolpidem, générique du Stilnox) ...

À mon brumeux réveil, je reste convaincu de ce que j'ai écrit concernant l'addiction, mais je suis un peu moins catégorique en ce qui concerne la responsabilité des psychotropes dans la débâcle. On me susurre que la balance bénéfice/risques de ces substances pourrait, dès lors qu'elles sont bien administrées, pencher en leur faveur.

Merde et crotte de bique.

Je repars en chasse, en chantant :

> Ô Saint Hubert, patron des grandes chasses,
> Toi qu'exaltait la fanfare au galop,
> En poursuivant le gibier à la trace,
> Tu le forçais sous l'élan des chevaux.
> Nous, les derniers descendants de ta race,
> Arrache-nous aux plaisirs avilis,
> Emplis nos cœurs de jeunesse et d'audace,
> Dans la forêt, fais-nous chasseurs hardis.

(Mon père, Yves Édouard Alexandre Rollin, bien qu'il ne fût pas chrétien pour un sioux, comme je l'ai raconté à l'épisode 25 bis, et bien qu'il n'eût pas davantage été scout, connaissait par cœur tous les chants scouts, et me les a appris. Je peux encore chanter, paroles et musique, et avec toutes les voix quand il y en a plusieurs, « Aux premiers feux du soleil », la « Bataille de Reischoffen », le « Canon du feu », « Chantons pour passer le temps », « La Cloche du vieux manoir », « Dans la troupe », « En avant parcourant le monde », « Une fleur au chapeau », « Ils étaient trois garçons », « Je t'aime ô ma Patrie », « Le murmure du vent », la « Piémontaise », « Le vieux chalet », et « Les Armaillis des Colombettes », mais je crois que cette dernière n'est pas scoute. Lorsque vous me croiserez dans la rue, demandez-moi n'importe laquelle d'entre elles, je vous la chanterai avec plaisir. Avec plaisir pour moi.

Maintenant que j'y pense, mon père connaissait aussi et m'a appris tout le répertoire de la musique militaire, et tout le répertoire des chansons à boire. Ma mère, elle ne m'a appris que « Tourne tourne petit moulin » et « À dada sur mon bidet », mais je m'en souviens très bien aussi.

Je ne dis pas que cette parenthèse est ce que vous avez lu de plus passionnant, mais c'est celle qui jusqu'ici m'a donné le plus d'émotion. Notamment lorsque Jean, le cœur vaillant, reconstruit son chalet plus beau qu'avant, lorsque j'ai tant versé de larmes que trois moulins en ont tourné et que petits ruisseaux, grandes rivières pendant trois jours ont débordé, également lorsqu'après avoir voyagé sept ans sur le même bateau sans se reconnaître, ils se sont reconnus au débarquement, et enfin lorsqu'il a fallu dire adieu à la maison chère à mon cœur où j'ai connu le vrai bonheur.)

AUTOPSIE, ÉPISODE 38

Le RCV

Voilà un sigle que vous ne pouvez pas connaître, puisque je viens de l'inventer, pour désigner le Rétrécissement du champ de vision. De quoi s'agit-il ?

En France, dans l'espace public, 52,6 % des gens ont les yeux rivés sur leur smartphone (vous ne pouviez pas connaître ce pourcentage, puisque je viens de l'inventer). Mais quid des 47,4 % restants? (Vous pouviez vous attendre à ce chiffre, puisqu'il découle d'une simple soustraction.)

Une enquête minutieuse menée au célèbre Festival d'Avignon, haut lieu du mépris et de l'incivilité, m'a permis d'établir que le champ de vision moyen des individus, qui était autrefois de 160 degrés d'angle, a rétréci de moitié, pour se fixer à 80 degrés. C'est un peu plus qu'avec le port d'œillères, qui ne laissent que 40 degrés de champ de vision, mais c'est assez peu pour causer une perception de l'environnement lourdement amputée, laquelle favorise les bousculades et les incivilités susmentionnées.

L'homme moderne se mouvant dans l'espace public est ainsi devenu génétiquement incapable de prendre en compte correctement ses congénères. De là des bousculades, des collisions, puis des échauffourées, et très logiquement le délitement du tissu social puis la décadence.

QED (*Quod erat demonstrandum*) : tout le mal vient du RCV.

(Je ne peux pas passer sous silence un comble de l'horreur : limité à ses 80 degrés de champ de vision, l'honnête homme tente logiquement de tourner la tête pour appréhender le réel qui lui échappait. Mais quand il le fait, l'espace tourne en même temps ! Son champ de vision rétréci le suit comme un boulet. Le supplice de Tantale, à côté, c'est de la petite bière.)

... (sieste sous le soleil du Vaucluse, grâce au masque de sommeil bleu outremer offert par la compagnie Air France sur le vol Montréal-Paris, à l'issue du tournage du film Hibou de Ramzy Bedia. Ce masque, c'est sa fonction même, ramène le champ de vision à zéro degré. Il vous fait ressembler un peu à un hibou aux yeux bleus exorbités) ...

Réveil en sursaut. Je suis aveugle. Ah non, j'avais juste oublié de tomber le masque. Je le tombe.

Il me revient alors ce coruscant précepte de Lao-Tseu : « Si tu n'as pas trouvé au trente-sixième épisode, tu ne trouveras pas au trente-septième. »

Le RCV

Diantre ! Voilà donc deux épisodes que je me fatigue pour rien. L'échec du « Tir groupé » (épisode 36), qui s'est lamentablement terminé dans le rhum et les glaçons, aurait dû me dispenser d'aller me perdre dans la drogue (épisode 37) puis dans les mutations génétiques non homologuées (épisode 38). Il est manifestement grand temps de jeter l'éponge.

AUTOPSIE, ÉPISODE 39

La peur

Bravant avec impavidité (voir à peine plus loin) la pensée de Lao-Tseu, je décide de me donner encore une chance – la dernière, je le jure sur la tête de Confucius –, de trouver la source du mal. La peur, puisqu'il faut l'appeler par son nom, comme La Fontaine le disait si solennellement de la peste, ne serait-elle pas l'introuvable cause ?

Précisons avant tout les données contextuelles (cette phrase n'a pas de sens dans le contexte, mais elle sonne tellement bien !) : la peur, du latin *pavor* (d'où l'impavidité ci-dessus), est un nom commun, comme la faim ou la soif, en vertu de quoi elle ne saurait être précédée d'un adverbe comme « très », « trop » ou « assez », mais uniquement d'une épithète, avec un choix limité, très limité même, puisque seul l'adjectif grand est resté en vigueur, et uniquement au masculin. Ainsi, on ne devrait pas dire « J'avais très soif, j'avais très faim aussi, et j'ai eu très peur », mais « J'avais grand soif (ou grand'soif ou grand-soif), j'avais grand faim aussi (ou grand'faim ou grand-faim), et j'ai eu grand peur (ou grand'peur ou grand-peur). *On ne devrait pas dire*, mais entre la honte de trahir l'orthodoxie grammaticale et la certitude de passer pour un cuistre démodé, le choix est généralement vite fait.

Bref, car j'ai grand peur de m'être éloigné du sujet : parlons peur.

La peur, qu'elle soit ou non fondée, qu'elle soit réalité ou prétexte, est bien la cause de toutes les lâchetés, tous les abandons, toutes les bassesses, toutes les trahisons, tous les mensonges, toutes les incivilités – bousculades incluses. Elle favorise le repli sur soi, les délires paranoïaques, les accès de violence, la méchanceté, l'égoïsme, l'agressivité, les aboiements, et bien sûr la bêtise.

Ça en fait du monde, tout ça, au service du mal, vous ne trouvez pas ?

... *(sieste ratée : j'ai eu tellement peur de ne pas parvenir à m'endormir que je ne suis pas parvenu à m'endormir)* ...

C'était bien tenté, comme on dit au basket-ball, mais ça ne marque pas le point, comme on dit au tennis de table.

La peur est certes un sentiment désastreux, mais elle n'est pas plus présente aujourd'hui qu'elle ne le fut aux siècles passés. Si la peur suffisait à précipiter la fin des haricots (ce qu'on appelle les haricots *extra-fins*), alors il n'y aurait déjà plus de haricots depuis un bon bout de temps.

J'ai reculé pour mieux jeter l'éponge. C'est la décision qui s'impose. Assez de paroles, des actes. Passez-moi l'éponge que je la jette, les larmes aux yeux.

Jet (solennel) de l’éponge

Prêt-en-bulles (jeu de mots dédié à Vincent Roca) destiné à éclairer la problématique de l’éponge et de son jet : je ne suis pas un maniaque de l’hygiène, mais il y a trois points sur lesquels je me suis toujours montré intransigeant.

1) Le désentartrage des douches dans les théâtres. Presque tous les théâtres de France sont équipés d’une ou plusieurs douches situées dans les loges des comédiens. Mais ni les comédiens ni les comédiennes, et encore moins le personnel technique, ne les utilisent. Jamais. En vertu de quoi tous les pommeaux de douche de tous les théâtres ou établissements culturels de France sont entartrés au point d’être inutilisables. Durant les quarante ans où je me suis produit sur les planches, j’ai donc toujours tourné avec un petit kit de désentartrage (le terme « détartrage » est généralement réservé au secteur bucco-dentaire, avec une petite tolérance vis-à-vis des cafetières électriques). À mon arrivée dans les lieux, mon premier geste consistait à détartrer le pommeau de douche, pour pouvoir jouir après la représentation d’une purifiante et roborative douche. Depuis, le temps a passé, et j’ai tout lieu de craindre que 100 % des pommeaux de douche soient à nouveaux entartrés, sans que le ministère de la Culture

ni celui de la Santé ne s'en émeuvent, à ma connaissance tout du moins.

2) Le renouvellement des brosses à dents. Par flemme, par distraction, ou par pingrerie, les Français conservent la même brosse à dents pendant plusieurs années, parfois vingt ou trente ans. Même si, comme on le dit, ces brosses à dents servent peu, elles sont alors dans un état de vétusté proche de la décadence. Chaque fois que j'ai l'occasion, chez des amis, ou même dans ma propre famille, de surprendre dans un verre à dents une ou plusieurs brosses dans cet état de délabrement désolant, je mets d'autorité l'ensemble à la poubelle. Le verre aussi ? Oui. Pour l'exemple.

3) Le renouvellement des éponges. Par négligence, par inconscience, ou pour une économie de bouts de chandelle, les Français conservent sur leur évier de cuisine la même éponge pendant plusieurs mois, voire plusieurs années. C'est une catastrophe sur le plan hygiénique. Compte tenu de son prix très raisonnable (la marque Spontex en propose à 60 centimes l'unité), une éponge de cuisine doit être changée toutes les semaines. Chaque fois que je surprends chez des amis, ou même dans ma propre famille… et vous connaissez la suite.

Le lecteur qui sait maintenant que je m'apprête à jeter solennellement l'éponge peut donc s'attendre à voir apparaître une éponge en bon état, une éponge « ayant fière allure », comme on dit dans le jargon des épongistes. Cette précaution n'efface pas l'issue dramatique de mon enquête, elle ne nie pas l'échec, mais elle en adoucit les séquelles.

Jet (solennel) de l'éponge

Eh bien voilà. La messe est dite. Je jette l'éponge. L'énigme qui devait être « enfin résolue » ne l'est pas. Je baisse les bras. Je renonce. Le rouge au front, j'abdique.

Il me reste, avant que de prendre congé, à tenter d'expliquer mon échec. Deux hypothèses :

1) Je n'ai pas réussi à trouver le responsable de tout le mal parce que le mal est moindre que ce que j'ai estimé en commençant. Hypothèse risible. Je n'ai pas pu me tromper à ce point.

2) Je n'ai pas réussi à trouver LE responsable car il y a « plusieurs » responsables. Hypothèse scabreuse. Le monde obéit depuis toujours à une logique simple : une cause, un effet ; un effet, une cause. Il n'y a pas à sortir de là, sinon c'est la prise de tête assurée, et ce n'est pas le genre de la maison. Jouons cartes sur table : cette hypothèse de causes multiples serait-elle la bonne que je la réfuterais quand même, pour la simple et bonne raison qu'elle ne m'arrange pas. Elle me coupe rétrospectivement l'herbe sous le pied, et j'ai horreur de marcher sur l'herbe coupée.

Les deux hypothèses s'effondrent. (Je les ai un peu aidées à s'effondrer, mais c'est de bonne guerre.)

J'ai essayé d'expliquer mon échec : en vain ! Je sens qu'il est inutile d'insister, et je jette l'éponge dans ma tentative d'expliquer pourquoi il a fallu jeter l'éponge.

L'aventure se termine dans un tas d'éponges, avec pour seul réconfort l'espoir de voir nos larmes épongées.

Épilogue

Je viens de surprendre, dans le jardin Lecoq à Clermont-Ferrand, au bord du bassin du Triton, non pas une brosse à dents vétuste, mais une dame assise qui terminait la lecture de mon livre et qui s'est exclamée pour elle-même en jetant le bouquin à l'eau comme une vulgaire éponge : « Je suis déçue, déçue, déçue. »

Je me suis approché d'elle cauteleusement, juste histoire de ne pas m'approcher de manière ordinaire.

« Chère petite Madame, lui ai-je déclaré, j'ai distinctement entendu votre cri de dépit. J'ai vu tout aussi distinctement l'ouvrage sombrer dans le bassin fangeux. Vous avez devant vous l'auteur du livre, et, croyez-le ou pas, il n'est pas fâché, "je" ne suis pas fâché. Laissez-moi vous faire une confidence : là où il vous a semblé me voir échouer, j'ai tout au contraire réussi... à préserver le désir. Car vous le savez bien : sans désir, le monde est immobile et la vie n'a pas de sens. Le désir est une tension vers un objet manquant : si par malheur le désir atteint son objectif, il en meurt. Le désir ne survit que tant qu'il n'est pas satisfait. Sitôt satisfait, sitôt évaporé. Souvenez-vous, chère petite Madame, de toutes les choses et de toutes les personnes que vous avez ardemment désirées dans votre vie, et qui vous ont semblé si fades et si ternes dès lors que vous les avez obtenues. Souvenez-vous en particulier des amours mortes pour s'être accomplies, comme autant de galets étincelants dans la rivière puis dépourvus d'intérêt aussitôt sortis de l'eau. Singulièrement, le désir de résoudre une énigme, qui est un formidable élan de vie, disparaît dès que l'énigme est résolue. Pour conserver intact l'élan vital, il faut donc se garder soigneusement de résoudre les énigmes. Ce que j'ai fait avec brio.

— Je comprends. J'ai réagi comme une idiote et agi comme une sotte. Souhaitez-vous que je plonge incontinent dans le bassin pour récupérer l'ouvrage injustement immergé ?

— Je ne dis pas non. À une condition : que vous m'accordiez de plonger avec vous ! »

PLOUF. PLOUF. À SUIVRE.

Remerciements

Guy Carlier, Javier Frutos, Jean-Marie Gourio, Marc Le Campion, Patrick Robine, Sébastien Rajon.

Table des matières

Composition : Graphic-Hainaut

Achevé d’imprimer
sur les presses de la Nouvelle Imprimerie Laballery
58500 Clamecy

N° d'impression : 309364
Achevé dimprimer : septembre 2023
Dépôt légal : octobre 2023

Imprimé en France